Sol & Sombras

100+
Microcuentos y Reflexiones

Sol & Sombras

100+
Microcuentos y Reflexiones

Paula Emmerich

Puede contactar a la autora a través de su blog
http://pemmerichhome.wordpress.com
O correo electrónico pemmerichwrites@outlook.com

Fotos del mosaico de la portada: Cortesía de https://pixabay.com

A Richard,

mi compañero en la vida

Tabla de Contenido

6 Horrores y tristezas 143

1 Reflexiones

El juego de la vida

Se dice que la vida es un juego de azar. Las cartas se reparten al nacer y es con estas que te toca abrirte camino. Reyes, reinas, cartas del uno al diez... Algunos reciben una buena mano, ya sea en salud, dinero o una madre cariñosa. Otros reciben dolor, dificultad o desamor.

Sea lo que la vida te haya barajado, tienes la opción de arriesgar o guardar tu mazo bajo la almohada. También tienes la opción de hacer trampa. Pero lo que decidas hacer te definirá, no las cartas que te hayan tocado.

Puedes decidir, por ejemplo, arriesgarlas para buscar fortuna o usarlas para entretener audiencias, como hacen los magos cuando descubren cartas detrás de las orejas. Puedes ser parte de un circo, haciendo malabares con naipes en el aire. O, por qué no, crupier, aprendiendo a barajar las cartas con increíble habilidad. O puedes ser profesor, enseñando las leyes de probabilidad a los niños con tan solo un puñado de números.

No mires tu fajo de cifras pobres con inquietud ni tu buena fortuna con orgullo.

Cambia el juego de lo posible si este no está a tu favor. Pero no le eches la culpa a la suerte. Solo los que están dispuestos a entregarse ven en la vida una fuente de aventura y hasta de inspiración.

Hoy decidí jugar mi reputación, someterme a la crítica y escribirte este mensaje. Espero que te anime a continuar el juego.

La Tierra se torné azul

D espués de un fenómeno electromagnético que los científicos nunca pudieron explicar por completo, la Tierra se tornó azul. El Sol, aparentemente, reflejaba ondas de igual longitud a poca altura de la superficie, por ello todo se percibía de igual color.

La vida se volvió monótona, había poca diversión y novedad: cómo llevar a cabo contiendas deportivas sin poder distinguir a los equipos; cómo filmar una película sin poder atrapar la luz; cómo saborear delicias, si comemos con los ojos...

Las industrias de la moda y la belleza fracasaron. No había cosmético que cambiara la percepción de un rostro, ni interés en trajes o vestidos, todo era uniformemente azul. Había una sensación insufrible de igualdad. Era poco lo que las personas podían hacer para sentirse únicas. Las casas, los autos y otros bienes, aunque de distintas dimensiones o materiales, eran prácticamente iguales a la vista. Sin mayor interés en acumular posesiones, el sistema de explotación económica quebró.

Por un tiempo reinó la paz, y algunos hasta empezaron a apreciar diferencias más sutiles, menos físicas. Pero el egocentrismo de otros los llevó a descubrir que la luz en la estratósfera era diferente y, con la intención de construir un mundo paralelo en las alturas, le declararon la guerra a los que querían un mundo azul.

Así continuaron las batallas entre los que querían explotar la Tierra para ser únicos y poderosos y los que la defendían porque habían comprendido que todos éramos iguales bajo la luz del Sol.

La puerta de la sabiduría

E l maestro le dijo a su discípulo: «Has progresado bien, llevas un año de ardua y dedicada práctica. Ha llegado el momento de pasar al siguiente nivel. Si has entendido la primera ley, "Escucha a tu corazón y no a tu mente", vas a encontrar la puerta de la sabiduría y tomarás una decisión importante. Te ofrezco un compendio de lo aprendido hasta hoy y un mapa del monasterio».

El aprendiz respiró con ansias porque lo que más quería era avanzar, tenía que encontrar la puerta de la sabiduría. Revisó el mapa y el compendio, y tomó la decisión correcta: se deshizo de ambos. Si iba a subir un peldaño, no debía utilizar fórmulas preconcebidas. Luego caminó por los largos pasillos auscultando cada puerta. ¿Cuál sería la de la sabiduría? ¿La más llamativa o la más modesta, la de cristal o la dorada, la de forma extraña o la más simple?

Llegada la media noche, se cansó y sintió frustración; había trabajado muy duro y se merecía pasar a un nivel más importante.

Finalmente, recordó la primera ley y comprendió.

Regresó a su maestro y le dijo: «Vuelvo a ti para continuar mi instrucción; no hay puertas de la sabiduría ni jerarquías, solo constante práctica».

Placeres de un rey

N o hay placer más grande que el de ser atendido como un rey. Con un gesto cordial agradezco y despido a mi servidor. Levanto los pies en el taburete de felpa carmesí y me dispongo a contemplar la bandeja de plata: manjares propios de la realeza, sopas y estofados trabajados por un ejército de cocineros. Las delicias sacian mi apetito y mi corazón.

Dejo la bandeja junto a la puerta, ya alguien la recogerá al canto del alba mientras yo sigo en mi quinto sueño. Antes de dormir, humedezco mi rostro con el agua tibia de la vasija de cerámica fina. Me acomodo entre mullidos almohadones y sábanas de seda. Contemplo la luz de la luna que se filtra por el cristal de mi ventana mientras los sonidos de mi palacio se sosiegan. Cierro los ojos...

Si no fuera por la bocina insufrible que toca siempre a las once en punto dictando que todos nos fuéramos a dormir, estos minutos de soledad en mi celda serían para mí un verdadero placer.

Corazones jóvenes

M e levanté muy temprano. Exaltado por la ilusión, no pude dormir más. Desayuné lo recomendado, una porción poderosa de carbohidratos y otras sustancias no prohibidas. Esto lo hacía por mi padre, para que los hombres no faltaran a los chequeos de rutina. Mi propósito: elevar la conciencia de que el cáncer de próstata mata.

Mis amigos y colegas habían aportado una suma considerable a la causa y me esperarían en las calles con carteles y animados hurras.

Partí con centenas de hombres y mujeres comprometidos con sus propias causas. Los músculos de mis piernas estaban frescos y decididos. Cada dos por tres tomaba un sorbo de agua para que la hidratación protegiera mis fuerzas.

Las horas pasaron y mis piernas sintieron un ligero temblor. Me sentí mareado. Acepté la botella de agua de un espectador y otros me alentaron, que no me diera por vencido, el final no estaba lejos. Pero el calambre se extendió y me desplomé unos metros antes de la meta.

Siento, papá, haberte defraudado, no querrías un final así. Sin embargo, aunque causará *shock* y dolor entre amigos y desconocidos, muchos sabrán finalmente del cáncer de próstata que te mató a ti, y otros reflexionarán acerca de los corazones que —no importa cuán jóvenes o nobles sus intenciones— pueden dejar de latir, de improviso, en esta carrera corta de la vida.

El espíritu del futuro

E l espíritu del futuro se apareció ante una mujer que soñaba y le preguntó: «¿Qué quieres conocer de tu futuro?». Ella ansiaba saber si su marido la amaba con toda su alma. El espíritu contempló el futuro por unos segundos y le contestó que su hombre no la amaba. La mujer se divorció y conquistó a un nuevo amor, mas a los pocos años volvió a estar sola.

El espíritu se presentó ante un inversionista, quien cavilaba acerca de los riesgos de una aventura financiera. El espectro le aclaró el panorama y el empresario no solo invirtió su capital, sino también hipotecó su mansión. El especulador perdió su fortuna.

Un hombre impaciente añoraba saber cuándo moriría para decidir cómo vivir el resto de su vida. Cuando el espíritu le confirmó que su existencia se auguraba efímera, se consagró a beber y a disfrutar en exceso. Murió al poco tiempo.

El fantasma fue luego a un campesino, quien labraba afanoso para sobrevivir. Al segador no parecía preocuparle su destino, solo curioseó: «¿Qué ves?».

El espíritu respondió: «Veo que sigues arando tu campo y disfrutas de tu familia, del pan que hornea tu mujer, de las risas de tus niños... Yo solo veo lo que tú deseas ver».

El péndulo del dios de los Tiempos

E l dios de los Tiempos congregó a sus súbditos y les habló iracundo:

Veo que pasan el tiempo en ocupaciones banales y de poco valor humano. Hay los que dedican su vida a auscultar la de los demás, los que se pasan frente al espejo contemplando la belleza o queriendo retenerla, los que se obsesionan por conquistar audiencias... Están los que acumulan monedas de oro y viven solo para custodiarlas. Y existen también los que destruyen, simplemente porque los entretiene.

He decidido que, de ahora en adelante, cada uno de ustedes portará un reloj colgado al cuello, cuya única manecilla marcará los años y días que les quedan de sus vidas.

Los fieles, sin entender el verdadero propósito del reloj, cambiaron poco. Finalmente, se acostumbraron a llevarlo sin percatarse de su existencia, por el poder de abstracción y negación que tienen los humanos cuando se les impone una verdad que les incomoda o atemoriza. Terminó siendo para algunos un amuleto decorativo y quedó en el olvido. Otros, desafiando las reglas, lo llamaron el reloj de la muerte y lo destruyeron.

Con el pasar de los siglos, se volvió invisible al ojo humano; sin embargo, el péndulo continúa zarandeando y retumbando incansablemente en nuestro pecho.

El enigma y el ensayo

En la última hora de clases, el profesor de matemáticas les propuso un desafío a sus alumnos: «Pueden elegir o resolver un enigma o escribir un ensayo de por qué no se puede resolver. Pero les advierto: para el enigma no hay límite de tiempo, pueden quedarse las horas que quieran; para el ensayo, deben cumplir un mínimo de una hora».

Los estudiantes se miraron perplejos. A algunos les preocupaba pasarse horas tratando de descifrar lo imposible. Otros pensaron que era más fácil explicar por qué algo no se podía resolver en lugar de solucionarlo. Ansiosos por irse a casa lo más pronto posible, todos optaron por el ensayo, excepto una muchacha menuda, quien aceptó el reto con temerosa determinación.

El profesor les repartió el test, miró el reloj de la pared y apuntó la hora en la pizarra.

—Son las tres y cuarto, tienen una hora. Tú, Lucía, tienes todo el tiempo que quieras.

Y escribió en la pizarra: «Lucía, sin límites».

Cuando los alumnos voltearon la hoja para empezar el examen, se percataron de que no había pregunta alguna y protestaron como una turba: ¡cómo iban a explicar las dificultades de un problema que no existe!

Lucía, en cambio, después de pensar por unos segundos, se levantó titubeando y le devolvió la hoja en blanco al profesor. Le dijo con timidez: «Cualquiera que sea el problema, tengo toda la vida para comprenderlo», y salió al patio.

A los demás les tocó una hora de insufrible tedio.

Enrejado de oro

U na reja de hierro macizo cubierta de oro abre paso a tu elegante jardín. Desde la distancia, puedo ver la majestuosa escalera de mármol flanqueada por dos feroces leones que resguardan tu ser. Al pie de tu puerta de madera labrada, de descomunal espesor y asegurada por láminas de acero internas, dos enormes jarrones de marfil exponen las flores más exuberantes del mundo. Imagino los ambientes y corredores de tu tremendo palacio, uno más impresionante que el otro, con muebles finos, decoraciones preciosas y obras de arte de renombrados artistas...

Pero la reja lo revela todo: vives temeroso, los ladrones y tus enemigos siempre están al acecho. Y ni siquiera tu mente es libre: dependes de los demás para que admiren tu riqueza, pues en lugar de una muralla de ladrillos comunes que te mantuviera en la anónima oscuridad, preferiste exhibir tu esplendor a través de los barrotes dorados de tu prisión.

El miedo a la muerte

—Yo no tengo miedo a la muerte, el paraíso me espera —dijo el Hombre Joven.

—Yo tampoco tengo miedo —dijo el Hombre Nuevo—, volveré reencarnado...

El Hombre Amargo mató una mosca de un manotazo y dijo:

—¡Insensatos! ¿No se dan cuenta de que es una ilusión pensar que la vida humana vale más que la de una mosca?

El Hombre Sereno no dijo nada, siguió viviendo.

El día que...

E l día que termine la carrera... El día que pague la hipoteca... El día que encuentre el amor... El día que lleguen los hijos... El día que ya no me necesiten... El día que me visiten... El día que me retire... El día que no me duelan los huesos...

¡Ay, felicidad escurridiza!

La tentación del talonario

A las once cerraría las puertas, lo que me daría tiempo para llegar antes del Año Nuevo. En casa me esperaban mi mujer y un bebé recién nacido.

Di las últimas vueltas de guardia, asegurándome de que no hubiera nadie en el edificio, apagando las luces y cerrando cada piso. Pero no todos se habían ido. A la distancia vi al tesorero, que apurado firmaba los cheques para pagar las facturas que vencían a fin de año.

Tuve que esperar a que terminara y, cuando se fue, entré a su despacho para cerrar con llave. Para mi sorpresa, había dejado indiscretamente la chequera a la vista, con un último cheque en blanco... pero firmado. Lo puse nerviosamente en mi bolsillo. Eran tiempos difíciles; la recesión ya les había costado el puesto a varios empleados de poco rango. Un dinero adicional me sacaría de apuros en caso de ser despedido.

De camino a casa, vi a un viejo callejero anestesiado por el alcohol y sentí gran pena. Pensé en darle el cheque —con una cifra razonable—, pero titubeé. Mi mujer podría comprar, finalmente, un refrigerador nuevo y el bebé necesitaría pronto una cuna más grande. Le di en cambio todo lo que tenía: mis guantes, la bufanda, mi saco, el dinero que llevaba encima...

Cuando llegué a casa, abracé a mi mujer y tomé a mi hijo en brazos. Tuvimos una cena caliente y a las doce brindamos con un vino barato de Cava. Pedí un deseo, que siempre estuviéramos juntos.

En la madrugada rompí el cheque; poseía gran riqueza.

El secreto de la felicidad

No hay nada más poderoso que la promesa de la felicidad absoluta y permanente. Si tan solo pudiéramos revelar el secreto de cómo alcanzarla...

¿Cuáles son los ingredientes de la fórmula o las palabras mágicas? Porque no queremos un discurso, una tesis o un ensayo: queremos magia. Que se nos simplifique la tarea de vivir en pocas palabras, en un «secreto» que contenga la vital acción, y solo una, que nos conducirá hasta la felicidad.

Porque la vida ordinaria de levantarse cada día, trabajar con ahínco, ser fieles a nuestros principios, amar a otros y mejorarnos es una tarea ardua, compleja, susceptible de fracasar, que requerirá un continuo volver a empezar. Para evitarnos el esfuerzo, la ansiedad y la decepción, preferimos seguir buscando la solución inmediata a todos nuestros problemas. Esa promesa de resolución nos mantiene, al menos, ocupados y distraídos.

El secreto de la felicidad no lo vas a encontrar en un frasquito, en una píldora o en una mágica receta, porque una sola acción no puede construir una vida, como un ladrillo no puede construir una casa. El secreto de la felicidad es poner un ladrillo cada día: trabaja en tus cimientos, en la arquitectura de tu alma, en el adobe que mantiene unidos a tus seres queridos...

Baila sin que nadie esté mirando

E l hacedor, temeroso de que sus obras no fueran buenas, no produjo más. El artista, angustiado por la crítica, no creó ninguna otra pieza. Y el que tuvo miedo de su libertad, redujo su vida a imitar a los demás.

El miedo al fracaso no solo es entorpecedor, pero puede arrancar cualquier sueño de raíz. Muchos proyectos no ven la luz: quedan olvidados en cajones, libretas de notas o en rincones de la memoria donde se desvanecerán. O, peor, son destruidos y arrojados a la papelera cuando perdemos la confianza en ellos y en nosotros mismos.

Con el tiempo nos olvidamos de soñar, siempre hay alguna urgencia u otra prioridad. Son excusas que nos sirven bien para no arriesgar el amor propio. Preferimos la fantasía de que, si tuviéramos tiempo o dinero, podríamos realizar nuestros proyectos.

El que no se atreve a dar un paso adelante, por más pequeño que sea este, nunca avanza. El que pretende solo éxito en sus obras nunca progresa. Y el que cree que solo las grandes empresas valen la pena se olvida de que, al principio, siempre son diminutas semillas.

El apego al resultado es siempre el estorbo: queremos éxito, queremos crear algo grandioso. Queremos el resultado del proyecto por lo que este nos va a brindar en el futuro; especialmente, reconocimiento. Entonces nos desviamos de nuestro propósito, que es trabajar en la empresa sin juzgar sus méritos. En mi apego al resultado, declaro que mi obra no es buena y la abandono en lugar de mejorarla.

La solución es concentrarte en el proyecto sin pensar en el gran premio. Revisa tus apegos y tu amor propio. ¿Quieres crear una obra maestra y pasar a la posteridad? ¿Quieres que te admiren y contemplen tu creación? ¿Quieres que algún crítico de peso confirme la existencia de tu talento? Si es así, entonces no quieres crear, solo quieres reconocimiento.

¿Has bailado alguna vez sin que nadie esté mirando, solo por el placer de bailar? Haz lo mismo con tu arte: experimenta el éxtasis de crear sin esperar ser grandioso. Crece en tu habilidad y disfruta en el proceso. El resultado... no importa.

Hazlo por la magia.

2 Sociedad moderna

La tiranía del reloj

P endientes del reloj, el teléfono y las noticias, no paramos ni por un segundo. Nuestro paso es apresurado o interrumpido constantemente por un mensaje o un recordatorio del calendario. No nos percatamos de la salida del sol ni del otoño de los árboles. Ya no hay paseos, sino desplazamientos. Participamos en infinitas reuniones sin escuchar, y ni siquiera prestamos atención a nuestros propios pensamientos: el flujo incesante de notificaciones y primicias ha aniquilado nuestra capacidad de observación.

Tanto el reloj como el calendario digital determinan nuestras rutinas, como lo haría un carcelero despiadado. Y, por más que nos movamos y apuremos, y cumplamos con las tareas y los plazos de nuestra interminable lista de obligaciones, nunca tenemos tiempo, cada día parece acabarse con mayor velocidad. Si nos detenemos es porque llegó la hora de dormir, para poder volver al trabajo; si es que logramos conciliar el sueño, afectados por el reflejo de las pantallas, las preocupaciones o la sobredosis de nuestra predilección.

Estamos agotados y no nos percatamos de que la culpa de todo esto radica en la tiranía del reloj —o su versión ultramoderna: el teléfono inteligente—. Conectado a nuestras vidas como si fuera un brazalete electrónico impuesto por una prisión, compartimenta nuestras horas en ocupaciones que parecen importantes o urgentes, y luego las monitorea sin misericordia.

¿El antídoto? Cada mañana, estrella el reloj despertador contra la pared y sigue durmiendo, o levántate según la motivación del día, como hacen las aves, los gatos o cualquier otra criatura viviente.

Cuestión de vida o muerte

E ra cuestión de vida o muerte. Mi jefe hacía horas que me llamaba, pero yo estaba absorto en el tema. Había pasado los tres días anteriores sin comer, apenas dormí. Encendí otro cigarrillo para relajarme, pero nada parecía funcionar: descifrar el código era de locos.

Desesperado, me comuniqué con Anfibio, el individuo que todo lo sabía; su identidad, completamente anónima, y su poder y conocimiento, inmensurables. La *dark web* siempre me producía náuseas, pero no tenía opción, ya había agotado todos mis recursos. El gánster de la red me dijo: «Te va a costar». Yo respondí: «¿Cuál es tu precio?». Pasé saliva y pagué con una tarjeta de crédito que mi mujer no conoce y que reservo para estos momentos de alienación.

Ella volvió a golpear la puerta: «¡Tu jefe está aquí! ¡¿Vas a salir de una vez?!». Tenía tan solo unos segundos... Resolví el acertijo y encontré la puerta, ingresé la clave y se abrió. Respiré: había pasado al siguiente nivel y me quedaba una vida.

Vestigios

—No puedo respirar de tanto polvo... Y es tan oscuro y silencioso aquí. Nadie viene a visitarnos, nadie tiene la paciencia, nadie quiere saber.

—Yo tengo el cuerpo cansado, no lo estiro en años. Lo que más pena me da es que nunca se van a enterar, nunca van a soñar... Tengo tanto que decir, tanto que contar..., pero nadie quiere escuchar.

—Shhh... Alguien se acerca. Fíjate, es una muchacha. ¿Se habrá perdido? ¡Sonríe!

La muchachita recorrió los pasillos y se detuvo ante un colosal artefacto. Jamás había visto una cosa tan grande. Lo tomó con curiosidad, ¡cuánto jeroglífico junto! Se le nubló la vista y retrocedió.

El dispositivo de transmisión vibró en su muñeca.

—Ya voy, mamá... Estoy el Museo Literario. ¿Que qué me parece? Un mausoleo... ¿Quién leía estas cosas? Sí, ya voy...

Buenas noticias

E l editor de la revista Verdugos de la Noticia caminaba perplejo por las oficinas:

—¿Me estás diciendo que no tenemos ninguna noticia funesta que poner en primera plana? ¿Ningún asesinato, secuestro, accidente de avión, balacera en masa...? ¿Nada que termine en muerto o que conmocione a los lectores? ¿Cómo vamos a competir esta semana sin un titular que remueva las tripas del miedo y del terror? No nos queda más que volcarnos a las noticias de perversión, disgusto o anormalidad... ¿Algún abuso cometido por autoridades eclesiásticas, políticos o celebridades? ¿Enfermedades que causen pánico en la población...?

—¡Sí, sí! Enfermedades... —apresuró a decir el asistente—: «Científicos de la Universidad de Valencia descubren píldora para combatir la obesidad...».

—Pero si eso es muy positivo...

—Espera a leer la lista de efectos secundarios...

Lista de compras

C ien pares de zapatos, cincuenta carteras de marca, *animales en extinción*, un teléfono móvil nuevo cada año, la última tableta, una cafetera profesional integrada a la cocina, *cúmulo de electrónicos abandonados*, un auto nuevo cada tres años, un sistema de última tecnología para la automatización de la casa, *calentamiento global*, una pantalla plana gigante para disfrutar del cine en la comodidad del hogar, *desperdicios*, una vivienda más grande, *deforestación*, los nuevos videojuegos para los chicos, cambio de guardarropa según la moda, *basura*, un refrigerador inteligente para comprar los víveres que nos hacen falta o expiraron, palos de golf profesionales para mi marido —que nunca usará—, *agotamiento de reservas naturales*, una súper cortadora de césped, gafas de realidad virtual y drones para la diversión, *producción irremediable de plástico*, un cepillo de cabello inteligente —es esencial cepillarnos correctamente—, *contaminación de ríos y océanos*, el aparato que dora el pan a la perfección, zapatillas de apariencia sucia y vaqueros rotos de esplendoroso logo, un tacho de basura que se abre con mi ególatra voz, *la muerte del planeta...*

Y tú, ¿qué compras?

Me gusta (532)

8:00 ¡Hola, muñeca! ¿Cómo has amanecido hoy? Ponte el *sweater* azul que te queda de maravillas... Un poco de maquillaje... Ahora un *selfie*. Usa la aplicación de corrección automática. Más luz. Perfecto. ¡Listo!

8:20 (3): Me siento bien.

8:23 (7): De lo mejor.

Voy a perder el autobús... ¡¡Apúrate!! Corre que lo alcanzas... Con las justas...

8:40 (Mensaje de Lilly): Otra foto con su novio, ¡qué *nerd*! Comento: «Qué lindos los dos (corazón)».

8:44 (22): Estupenda.

8:55 (32): Genial.

Por fin llegué...

9:20 (44): De maravillas.

9:35 (Mensaje): ¿A ver...? ¡Qué risa! Comento: "*(Smiley)* *(Smiley)* *(Smiley)*" »

9:53 (51): Fantástica.

(...)

23:00 (532): Felicidad completa.

Hola... ¿Cómo has amanecido hoy? Mmm... Un poco de maquillaje..., sombras, rubor. Sí, cúbrete ese granito. Cámbiate el *sweater*. No, el amarillo. Mejor el rojo. Ahora un *selfie*... Mmm... Usa la aplicación de corrección automática. Más luz. Prueba otra vez. ¡Más luz! Cámbiate el *sweater*. Prueba otra vez. Más rubor. ¡Diablos!

8:27 (0): ...

8:45 (0): ...

8:51 (0): Prozac *anfetaminas*

El Día de la Independencia

O tro día de celebraciones. La gente espera aglomerada en las calles con las banderas de colores patrios y vitorea con orgullo: «¡Viva la nación!».

El desfile acaba de empezar y el ejército, los marinos y los de la fuerza aérea marchan en inmaculados y llamativos uniformes al ritmo de los tambores: «¡Viva la patria!».

La procesión continúa con la gente importante: los políticos de turno y las figuras distinguidas. Las escuelas enviaron a sus mejores alumnos, quienes se colmaron de ilusión. Hasta los sindicatos y los trabajadores ordinarios abandonaron las protestas por un día, un solo día, para celebrar el Día de la Independencia.

Se recordarán las batallas ganadas; la conquista de tierras o la expulsión del invasor; la victoria de los revolucionarios o, más bien, el triunfo sobre estos; la liberación del oprimido o, tal vez, la grandeza del imperio... Se rememorarán los martirios, las persecuciones y la división. Se conmemorará la fuerza del uno contra el otro.

Y a la distancia sonará un cañón y en los aires volarán los gloriosos aviones de guerra para demostrar el poderío y la emancipación del pueblo: «¡Viva nuestro país!».

Cómo sería el mundo si, en vez de Días de Independencia, se celebraran Días de Unión.

La Bestia

N o había nada más que hacer; suspiró y se acurrucó en un sillón. No encendió la televisión, el ronroneo de la radio era más reconfortante y costaba menos. Sin embargo, volvió a oír ese anuncio que le oprimía el corazón...

Se distrajo momentáneamente con la luz del farol de la calle que entraba por la ventana y hacía sombras en su pequeña alcoba. Dormitó un poco y soñó con tiempos pasados, cuando los inviernos parecían más cortos y bastaba un jersey para calentarse.

Una toz seca le sacudió el pecho, el frío lo despertó. No quiso prender la calefacción, su pensión tenía que aguantarle hasta fin de mes. Se frotó el cuerpo y se cubrió con otra manta. Se adormeció.

«Se exhorta a la población a conservar energía reduciendo el consumo superfluo de electricidad...», repitió el anunciador. «A las personas mayores, enfermas o mujeres embarazadas se les recomienda permanecer en casa y mantener veinte grados internos. Llegó la Bestia del

Este, una helada que reducirá la temperatura a niveles peligrosos para la vida humana... Se reitera: reducir el consumo superfluo de electricidad...».

El anciano no escuchó nada más. Entumecido, no volvió a despertar.

Magia oscura

M iles se levantaron como zombis atraídos por la magia funesta que les había prometido satisfacer sus más profundos anhelos: el afán que exalta la mente, el deseo de usurpar lo que llena el espíritu roto, la obsesión por tocar con las manos el espejismo de la felicidad…

Las hordas hipnotizadas se enfilaron hacia el manantial de las pasiones y aguantaron con estoicismo el frío de la madrugada. Nada los detendría, ni siquiera los guardianes recelosos de los tesoros. Algunos fantaseaban con el botín y, magnetizados, poco a poco se infiltraban sigilosos entre los que esperaban semidormidos. Otros, entumecidos, cabeceaban sin perder de vista la siniestra fuente de los deseos.

Cuando los primeros rayos de sol despertaron sus rostros, embistieron a quien estuviera delante y quebraron el cordón de los guardianes, arrebatando en el camino lo que otros ya habían declarado suyo. Armados con sacos, carritos con ruedas o bolsas de plástico —esas de 50 litros que se usan para la basura—, arrasaron con todo y, saciados, dejaron un escenario de destrucción y a unos cuantos enclenques en el suelo.

Un año más, los ilusos cayeron presos de tu magia oscura… Bienvenido, Viernes Negro.

El lienzo blanco

—¡Pero qué mamarracho es esto! —dijo ella, mirando el lienzo blanco que solo exhibía un tajo en el medio—. ¿Y dónde está el talento?

—El arte es una cosa curiosa... A mí me gusta, me parece brillante —agregó él.

—¡¿Brillante?! Brillantes fueron Da Vinci, Piccaso, Michelangelo... Sus obras colosales, la belleza incomparable...

—Te repito, el arte es subjetivo, depende de lo que te evoque... A mí, por ejemplo, este tajo me causa profunda tristeza, es como si fuera una puñalada al corazón —dijo él.

—Tú interpretas cualquier cosa... ¡Ahora me vas a decir que estas cien palabras también son arte!

Cunas de cartón

C ada mañana, me levanto a las cinco para tomar el tren a la gran ciudad. Voy al centro financiero a limpiar oficinas. Friego baños, alfombras estropeadas con café, saco la basura de cestos de cuero...

Soy invisible a los ojos de los poderosos ejecutivos, me pagan un mínimo. Cubro turnos en tres diferentes compañías, pero el dinero no me alcanza, ni para la renta ni para la alimentación de mis niños. Jamás los he debido parir, porque les augura una vida de batallas indignas, sin oportunidades o victorias; el mundo no está hecho para los que nacemos en cunas de cartón.

Con mi poca educación, me es difícil entender por qué el sistema funciona así: cuando yo pulo azulejos de la aurora a media noche, otros ganan millones frente al computador... manejando millones. Parece un círculo virtuoso para el que posee el dinero, pero un espiral de destrucción para el que pone el hombro.

Aunque no entienda las complejas dinámicas del orden económico mundial, algo no encaja, y he decidido luchar, si no es por el mío, por el futuro de mis hijos.

Alzaré mi voz a la de otros denunciando la inequidad y demandando mejores condiciones de trabajo. Uniré mi voto al de muchos más para elegir líderes justos. Marcharé por una mejor sociedad.

Que tu destino no esté definido al nacer: ni cartón ni oro, que sea tu esfuerzo y corazón que lo construya.

Diez mil litros de agua

M e llegó un mensaje: «Diez mil litros de agua». No lo puedo creer. Pero allí va el niño con su cantera, descalzo, recorriendo una cantidad igualmente increíble de kilómetros para juntar lo que su familia necesita en un día. Yo camino cómoda con mis zapatos de cuero fino. «Diez mil litros de agua», pienso, y no me puedo borrar la imagen del pequeño bajo el sol incandescente con su pesada carga.

Porque no hay agua. Las sequías, producto del calentamiento global, no solo hacen arder sus cosechas, pero matan a los animales que los ayudan en la siembra o les sirven de alimento...

He detenido mi marcha con la escena del inocente hambriento. ¡Maldita sea! Mi plan del día, arruinado con la tragedia de los diez mil litros de agua. Quiero borrarlo, olvidarme de la pena ajena, pero me tiemblan las manos. Si lo ignoro, si continúo con mi transacción comercial insignificante, sería como volcar diez mil litros de agua al suelo ante la cara del niño sediento.

No puedo borrar el mensaje. Lo comparto, que se sepa: para producir un par de vaqueros se necesitan diez mil litros de agua. Los míos lucen perfectos; hoy no necesito comprar nuevos.

El día perfecto

L a transacción había terminado; habían vendido todas las acciones en la subasta pública. Lisa estaba segura de que había sido la vendedora estrella. Sabía bien qué significaba eso: un jugoso porcentaje, y quizá con la hazaña la promoverían a Vice Presidenta.

Ordenó los correos de confirmación de compra y dejó las oficinas de Lions & Stone Bank en la madrugada. Mañana sería el día perfecto, lo tomaría libre. Se lo merecía y lo necesitaba; apenas había dormido las noches anteriores.

Al día siguiente se levantó tarde, un lujo que ella raramente se daba. Salió a correr por Central Park, la adrenalina del mes aún hormigueaba en su mente y en su cuerpo. Paró a tomar un café y un *English muffin* con tocino. Qué placer era desayunar hojeando un periódico sin tener que tomar notas. Su corazón se desaceleró y, finalmente, respiró profundo.

Cuando llegó a su departamento, tomó una ducha extendida y se vistió con ropas holgadas de franela, que los trajes Armani sin arrugas y los tacones son para el lunes.

Salió nuevamente a la calle, no tenía ni citas ni llamadas que hacer. Se hizo los pies y se durmió con el masaje tibio que otro ser humano le daba.

Cerró la noche con una botella de champán, sola en su habitación, contemplando su futuro: brillante y opulento.

Un día perfecto…, casi perfecto. Sería perfecto si tan solo no fuera por ese sentimiento de angustia: al día siguiente tenía que volver a la mesa de *trading* a producir más dinero.

Carencias modernas

S e me acumulan los garbanzos, ya nadie los quiere. Vienen las muchachitas delgadas como las plumas a comprar quinua. El profesional joven, sin despegarse de su teléfono inteligente, me pide aguacate. Incluso las personas mayores me han preguntado por maca andina; aparentemente, un afrodisiaco natural. Aunque cuesten diez veces más, tendré que modernizar mi despensa.

Personalmente, seguiré optando por la humilde legumbre y las hortalizas de siempre porque no tengo problemas de nutrición ni necesidad de satisfacer otros apetitos. El día que sufra una deficiencia en el cuerpo, comeré más garbanzos —y huevos—. Cuando sea una carencia emocional, un trocito de chocolate.

3 Mujeres

Jugar con pasión

«El fútbol es mi gran pasión, por eso lo comparto contigo», decía mi padre. Íbamos juntos al estadio, veíamos los partidos en la tele... A mis cinco años me enseñó la regla del *offside*, que yo dominaba como un réferi curtido. Aprendí a levantar la pelota y mantenerla en el aire. En sus últimos días, me dijo que yo debía encontrar mi pasión. Goleador, mediocampista, defensa..., no importaba. Mi papel era siempre jugar en la vida con osadía y dedicación, pero, principalmente, honestidad. Hoy soy médica y trato el cáncer que le quitó la vida.

La Grande

Despreciarán tus palabras, se mofarán, utilizarán tu imagen de manera destructiva... Pero tú continuarás cruzando mares y llevando tu mensaje. Atacarán tu juventud y acusarán a tus seres queridos y a aquellos que te apoyan de manipulación, mas tú te mantendrás firme, porque es justamente de esa inmaculada inocencia de dónde obtienes tu fuerza. Hombres viejos, petulantes y narcisistas te insultarán. Es claro que solo defienden sus egos, porque nadie antes los había puesto en ridículo como tú lo has hecho. Te pintarán de obsesiva, producto de un disturbio mental. Recuerda, entonces, que únicamente los apasionados trabajan con obstinación. Te dirán que te moderes, que el lenguaje femenino es uno de cortesía. ¡Al diablo con los prejuicios!, que la mujer tiene igual derecho a sentir rabia y frustración.

Porque no importa lo que estos digan, solo mira a los millones que inspiras con tu presencia, con tu llamado a la acción, con tu exigencia de proteger el planeta que es nuestro hogar. Gracias, Greta la Grande.

Hermana, que no te llamen inferior

D irán que tienes menos fuerza, porque en los primeros cien puestos de atletas no aparece ninguna mujer.

El que habla así nunca ha visto a una mujer parir y ha ignorado las estadísticas de las mujeres que hacen de madres y padres a la vez, y del trabajo incansable de tantas otras en campos y factorías...

Dirán que tienes menos inteligencia, porque de los primeros cien jugadores de ajedrez no hay ninguna mujer.

El que habla así es, de por sí, de limitada competencia, porque es incapaz de aprehender la extensión de la inteligencia humana.

Dirán que tienes menos agresión, porque así lo dicen los niveles de testosterona.

El que habla así no entiende de dónde viene realmente el coraje (¡no de las hormonas!), y no ha visto la valentía y pasión de una activista, una deportista, una empresaria.

Si el que habla así es un don nadie, entonces ríete en su cara, pero, si el que habla así, tiene un cargo de poder e influencia, sal a defender tu dignidad: que nadie te llame inferior.

Puedes responder con fuerza, convocando una marcha de protesta, o con inteligencia, escribiendo un artículo científico.

Y, si persiste en su abuso, arremete con la agresión que dice que te falta: ¡métele un tortazo en las narices!

Velos de libertad

T engo miedo de terminar en una prisión o, peor, muerta. Pero es algo que me urge hacer, mi dignidad humana me lo exige. Tomo coraje y proclamo: «¡Somos ciudadanas de segunda clase!». La audiencia —unas doce mujeres valientes que para poder estar ahí, sin duda alguna, desafiaron maridos o padres recelosos— asiente con sobriedad.

No sabemos por dónde empezar, es tanto por lo que debemos luchar... Queremos vivir con libertad, sin el opresivo monitoreo masculino; queremos estudiar y elegir profesiones; tener acceso al trabajo de manera igualitaria; queremos elegir cuándo y con quién casarnos, y queremos ser lo que decidamos ser. Hablamos de dar pasos pequeños, de buscar ayuda internacional, de educar a nuestras hijas e hijos de manera diferente.

Entusiasmadas, nos despedimos hasta la próxima semana. Cubro mi rostro con mi velo para proteger mi identidad y salimos de la ONG que nos ha facilitado el encuentro. Un conglomerado de gente enfurecida nos espera con palos. Nuestra reunión clandestina ha sido denunciada, quizá por un marido, tal vez por una mujer que desaprueba...

Sobrevivimos el día y tenemos miedo, pero seguiremos luchando, porque no hay aspiración humana más grande que la de vivir con libertad.

Ambiciones de mujer

Tomé una revista en la sala de espera. Admiré a aquellas modelos esbeltas y perfectas. De corta estatura y robusto tronco, sentí que yo era fea. Suspiré: las mujeres estábamos condenadas a ser bellas.

Al rato entró una muchacha en silla de ruedas. Cuando se acomodó a mi lado, le pregunté para qué venía. Con la voz afectada, por alguna condición física sobre la que no quise indagar, me explicó: «Me van a corregir el cartílago nasal; quiero ser nadadora paraolímpica, pero respiro con dificultad en el agua».

Sus sueños eran infinitos y su sonrisa, extraordinaria.

Cuando fue mi turno, miré hacia otro lado y no respondí. Luego me levanté y me fui. Tenía metas más urgentes en la vida que *respingarme* la nariz.

El color del amor es azul

E
l color del amor es azul... Azul era el trago burbujeante y espumante en el bar estrambótico donde te conocí. Azul era el color del vestido de satén que me puse para nuestra primera cita. Fueron los lirios del día de San Valentín. La piedra ágata que me regalaste en el primer aniversario. Fue el viaje de novios bajo una palmera tropical al lado del mar azul. Es, finalmente, el color impenetrable de tus ojos.

La novedad del principio ha pasado, pero el color del amor sigue siendo azul. Es la pantalla del televisor que no me deja dormir hasta la madrugada. Es mi piel fría cuando apagas la calefacción. Es el queso azul de tu aliento rancio. El color de tus ojos cuando te vuelves loco… El azul morado de mis costillas… del ojo magullado… de mi labio partido…

Maléfica

No es cierto que tengan siete vidas ni que las viejas amargadas los prefieran y, en especial, negros. ¿Qué más se iba a inventar la sociedad para arruinar la reputación de una mujer que no quiere críos? ¡¿Que me los como?! Yo, en realidad, prefiero niños antes que gatos, son más maleables. Cuando los pillos me gritan «¡¡Bruja!!», yo me agrando con una risotada maléfica y les digo que necesito sus uñas y pelos para mi cena. Los pobres tontos salen corriendo. El que se queda petrificado me divierte aún más; no maúlla ni rasguña, solo se mea del susto cuando me acerco a pellizcarle el cachete.

Marcha hacia la libertad

Habíamos terminado nuestra jornada recogiendo piña, el cielo estaba oscureciendo. «Bonita…», me silbaron. Mi madre me tomó del brazo, angustiada.

Los perdimos de vista apurando el paso entre las matas.

Esa misma noche ella tomó la decisión. Yo podría cruzar la frontera, era fuerte como las cortezas de los frutales que cosechábamos. Pero mi madre envejecía cada día bajo el ardiente sol y las pesadas canastas; su cuerpo no aguantaría semejante trecho.

Me forzó a abandonarla entre lágrimas de miedo y esperanza, y me rogó que marchara incansable hacia mi libertad. A mis trece años, me junté a una familia de hermanas y me uní a la caravana.

No me levantes la voz

No me levantes la voz. No me pongas un dedo encima. No subestimes ni mi coraje ni mi fuerza ni mi inteligencia. Soy la madre que ha parido los hijos con dolor y los cría con sabiduría. Soy la campesina que, incansable, lleva cántaros de agua bajo el sol. Soy la profesional que estudia y avanza las ciencias y las leyes. Soy tu representante política, la empresaria que forja su laboriosa industria, la artista y la atleta consagradas a sus talentos. Pero, principalmente, soy ama y señora de mi destino.

Te repito, no me levantes la voz.

4 De amor

Temeroso amor

F ue entonces que desperté de mi fantasía, en el momento en que todos me recibieron con sonrisas de felicidad.

Vi a todos con claridad: a mamá, que se había esmerado en cada detalle; a la tía Paquita, que había venido de tan lejos; a Lucy, mi mejor amiga, que me acomodó el vestido; a mis colegas y hasta a mi jefe, que había prometido no hacer chacota a costa mía durante el brindis.

Y a ti, desbordante de alegría.

Ya me habían advertido que los nervios eran muy poderosos y que podía olvidar tu nombre o incluso el mío. Pero no eran nervios, era miedo, porque tanta felicidad ajena me dio miedo. Y no pude hacer otra cosa que correr en pánico, sin dirección, dejando a papá parado y a ti estupefacto.

Y lo que pasó después fue realmente embarazoso…

Le arrebaté el micrófono al cura boquiabierto y te grité: «¡Tengo miedo de que la felicidad no dure!».

A lo que me respondiste con amor: «¡Y que dure lo que dure! Ahora ven a casarte que ya perdimos cinco minutos de felicidad por tus locuras…».

Y la felicidad perduró.

Cuento árabe para dormir

L as instrucciones me llegaron en un canasto de pan. Tenía que encontrar la puerta que tuviera la figura de un pez dorado, un símbolo utilizado en la antigüedad para distinguir amigos de enemigos. Cuando me abrieran la puerta, debía saludar y decir: «Me envía Asim, el herrero, para ver los cascos de su caballo», a lo cual responderían: «Que la paz esté contigo». Ahí pasaría tres noches. Al cuarto día llegaría el encargo que tenía que transportar hasta la frontera.

Cuando llegó el paquete, me quedé pasmado, no solo porque se trataba de una muchacha, sino porque era bella como las amapolas del oasis. Su padre estaba pagando una fortuna para que la sacáramos del país; los suyos eran perseguidos.

Le cortamos el cabello y le cambiamos el atuendo para que pareciera un muchacho. Nos dejaron en el desierto con una tribu de beduinos y empezamos nuestro trayecto, yo a pie, ella en camello.

Y, después de diez días comiendo dátiles y frutos, y durmiendo bajo las estrellas, cruzamos la frontera...

—No pares, sigue contando... —le suplicó la niña.

—Pero si te sabes el final de memoria: «¡Ella es la razón por la que tienes esos ojos tan hermosos color almendra, querida nieta!» —le dijo él con dulzura—. A dormir, que mañana hay escuela...

Segunda oportunidad

E l la miró por un segundo y se sentó a su lado. La anciana aún conservaba el color rosado de su boca y la placidez de su rostro, cuyas pequeñas proporciones siempre le habían llamado la atención. Era como una muñequita rusa, hoy frágil y mustia.

El caldo de pollo llegó en un rato y él la despertó. Ella abrió sus ojos grises y lo reconoció de inmediato a pesar de la pérdida de su cabello y las grietas finas de su piel. Se le conmocionó el corazón. Pero no hablaron. Cómo iban a hacerlo si no se habían visto en más de treinta años.

Ella bebió la sopa a sorbos, en silencio, sin poder dejar de mirarlo. Cómo recuperar el tiempo perdido, cómo pedirse perdón, cómo contarse una vida en un minuto…

—¿Por qué esperaste hasta el final para buscarme? —preguntó él, apenado.

—Pensaba que era en vano, que tu vida ya estaba armada, sin mí, que me odiarías si supieras la verdad. Pero ya no puedo guardar este secreto, estoy muriendo y tenía que verte.

El médico de turno, agitado, entró a la habitación, pidió disculpas por la interrupción y dijo:

—Las pruebas han salido bien y el cáncer está en remisión. Ha sido solo un susto. Mañana le damos el alta…

Él la miró feliz y le preguntó expectante:

—¿Crees que es demasiado tarde?

Al compás de los segundos

L uis preparó su uniforme con precisión militar: un pantalón gris, una camisa blanca, medias negras y un saco y corbata, ambos de color guinda. Sus zapatos, lustrados, al pie de la cama. Hizo el inventario de sus útiles escolares y revisó que su ensayo acerca de las aplicaciones del láser en el campo de la nanotecnología estuviese en el fólder azul para la clase de física. A las 21:50 dejó el portafolio junto a la puerta. Se cepilló los dientes y se sentó en la cama a esperar. A las diez en punto, su hermano menor, Tiago, le dio un beso, y Luis apagó la luz.

Se levantó a las siete con el primer timbre del despertador. Desayunó cereal fortificado, con leche de soya, masticando veinte veces cada bocado. A las 7:30 iniciaron su marcha hacia la escuela.

Tiago se adelantó saltando sobre los charcos, mientras que Luis sumergía los pies en los pozos sin interrumpir su ritmo habitual. Cuando Luis perdió de vista a su hermano, los abusivos del colegio lo rodearon y uno le arrebató el reloj: «A ver si puedes sobrevivir sin esto, ¡genio!». Lo zamarrearon y lo dejaron sentado en una poza.

Al final de la escuela, Tiago no vio a su hermano y se preocupó. Dio vueltas por el patio, angustiado, pero nadie lo había visto. En ese momento se dio cuenta: el reloj de Luis destellaba con el sol en la muñeca de uno de los pendencieros. Tiago se lanzó contra el usurpador y lo agarró a golpes. Cuando logró arrebatarle el reloj, se desprendió.

Con el rostro golpeado y el uniforme rasgado, buscó a su hermano por las calles alrededor del colegio. Lo encontró, finalmente, sentado en el suelo, mojado, en el medio de un charco, tal como lo habían dejado. Se hamacaba al compás de los segundos, temblando de frío.

Soltando una lágrima, Tiago le devolvió el reloj con el cristal roto.

—Aquí está, Luis... Vamos..., llegó la hora de regresar a casa.

Amor al descubierto

Sufriendo lo indecible por amor, persisto en mi faena. Me duelen los talones, y mis labios están resecos. Es la tensión y la imposibilidad de besarlo. Quisiera hablarle, pero impera el silencio. El sigue absorto en lo suyo, no soy más que un objeto. Ni mis pupilas se atreven a llamar su atención, no soy de pestañear siquiera. Me ruborizo al sentirme observada, mi cuerpo nunca había sido motivo de inseguridad hasta que apareció él. Cuando termina mi turno, me agradece gentil con un gesto. Se marcha siempre deprisa y yo desnuda con él, en su dibujo al carboncillo enrollado bajo el brazo.

De amor

La maldición de la rosa

H abía esperado ese momento desde que intercambiamos el primer hola en línea.

Al principio fue el contacto casual de dos extraños, curiosos pero cautos, «de dónde eres», «en qué trabajas»... En seguida, la conversación se tornó personal: «qué tipo de películas te gustan», «tu plato favorito»... Luego vinieron las confesiones íntimas: «el momento más vergonzoso», «el más triste»... Compartimos nuestros sueños y hasta una fantasía. La sensación de cercanía y nuestra apertura fueron lo único que necesitamos para enamorarnos. Ilusionadísima, soñaba con sus ojos bellos y su porte elegante.

Habíamos acordado a las nueve. Él llevaría una flor blanca en la solapa, yo pondría una rosa roja sobre la mesa. A la hora en punto chequeé la entrada y la barra. Quizá me esperaba allí y no me di cuenta, el bar estaba desbordado. Miré el reloj, ansiosa. Pasado un minuto, alguien cruzó la puerta, tenía que ser él... Mis palpitaciones se aceleraron...

Mi corazón se detuvo, me quedé atónita... No era lo que imaginaba.

Tiré la rosa al suelo deprisa y hui al baño. Cuando intenté escapar del lugar, él me detuvo con gentileza:

—Siento haberte decepcionado...

—¿Perdón? ¿De qué me hablas? —quise zafarme pretendiendo ser otra.

—Tienes un trozo de pétalo en el tacón de tu zapato, pisoteaste el amor sin haberlo conocido.

Me dejó helada. Jamás lo volví a ver, y al amor tampoco.

Querido amor

¿Aún sigues casado? Nunca te contacté antes porque pensaba que me habrías olvidado. No soy de los que acechan la debilidad del hogar para inmiscuirse, pero han pasado tantos años que no me extrañaría que la aventura del amor haya concluido para ti también.

¿Quién duerme ahora a tu lado? No puedo dejar de pensar en ti. Extrañamente te sueño, a veces en un plácido lecho, a veces en la pesadilla de tenerte y perderte. ¿Por qué apareces en mis sueños con neurótica frecuencia?

Tengo que confesarte que busqué tu nombre en la red varias veces, queriendo saber qué era de tu vida. Me dio tristeza encontrar pocas fotos. ¿Eres feliz?

Porque yo no puedo olvidarte, amor de juventud. ¿Qué nos pasó? ¿Por qué nos dejamos ir, si tú y yo éramos perfectos?

Sé bien que al amor idealizado hay que dejarlo en la memoria de los cuentos de hadas. Pero este recuerdo adolescente sigue buscándote. ¿Y tú? ¿Piensas en mí?

Qué idiotez, perdona por la intromisión, no tengo derecho. Solo espero que seas feliz. Por lo pronto, guardaré este secreto de amor aquí, no tengo valor para enviártelo.

Cuento de Navidad

S iempre bajo el mismo umbral, mirando al horizonte, con mi sombrero revestido de piel de oso y rifle en mano. En estos tiempos todo es más sereno, los enemigos piden tregua por Navidad.

Miré hacia el norte y vi una estrella dorada. Cansado de estar tieso en el frío, sentí gran deseo por alcanzar sus rayos de oro. Empecé a trepar, atraído por su resplandor, pero en el camino vi a una hermosa doncella, o quizá era un ángel. Ella también añoraba llegar al pico, mas no se atrevía a cruzar fronteras. La tomé de la mano y le pedí que me siguiera, yo la protegería de las luces fugaces que resplandecían sin previo aviso.

Nos encumbramos hacia la estrella, aferrados el uno al otro. Cuando pasábamos por un chalet colorido de tejas cubiertas de nieve, luces incandescentes nos enceguecieron. Perdimos el balance y caímos en el vacío, golpeando nuestros cuerpos sobre las ramas. Ella perdió las alas y yo la escopeta.

En la oscuridad de la noche y magullados, nos quedamos dormidos, aún tomados de la mano. Pensamos que era el fin, pero despertamos con los villancicos de unos niños. Estábamos más unidos que nunca. Yo dejé de ser un soldado, ahora era un campesino. Y ella parecía una doncella con su vestido blanco. Para nuestro gozo, nos habían colocado junto al chalet de colores, no lejos de la estrella dorada, en el mágico pino.

Malaquita

«No eres de las más bellas», pensó Malaquita y lloró en silencio. Pasaron los años y, cuando todas sus parientas cercanas o lejanas se hubieron casado, volvió a llorar; jamás conocería el amor que era reservado para las más hermosas.

¿Qué es la belleza sino una fuerza magnética que se apodera de los sentidos, de la razón… prometiendo fidelidad y felicidad eternas? Ella nunca satisfaría el deseo de nadie: no era bella.

Pero un día se percató de que un joven la estaba observando, admirado y desconcertado a la vez. Había nacido el amor. El muchacho era de condición humilde, de apariencia simple, pero de corazón desprendido. Había trabajado años para ahorrar una suma de dinero. Se había enamorado de una muchacha, al igual que él, de poca fortuna y buenos sentimientos.

Malaquita conoció, finalmente, el amor verdadero, no el que brilla como el diamante prometiendo un futuro de grandeza, sino el que goza plenamente con los pequeños detalles del día a día. Malaquita, esplendorosa, llegó a las manos de su dueña. La muchacha, deslumbrada, contempló la piedra. No esperaba tal sorpresa y derramó una lágrima de felicidad.

Arthur

A rthur abrió la única tarjeta de Navidad que le había llegado. Su centro médico le mandaba un saludo por fiestas y le deseaba una pronta recuperación. Semanas atrás había sufrido una arritmia, no debido a su larga edad —él insistía—, sino por la ausencia de su esposa, quien había fallecido el año anterior. Arthur moría de amor.

Sintió frío. Le habían dicho que mantener la casa a bajas temperaturas para ahorrarse unos centavos le podía causar un infarto, una hemorragia cerebral o una neumonía. No quiso levantarse a prender la calefacción, le pesaba el corazón. Se acurrucó debajo de las mantas en un sillón y soñó con aquella mujer que lo había acompañado toda la vida.

Cuando la conoció, ella era una adolescente vivaz; él, un muchacho retraído. Se casaron jóvenes y cuando los hijos no llegaron, en lugar de reprocharle al destino o recriminarse, se volvieron inseparables, viviendo la aventura de la vida como viniera, con los picos de satisfacción y los abismos del sufrimiento.

Cuando ella murió, se quedó solo, con el corazón roto y la memoria intacta, recordando cada momento, cada diálogo, ya sea de amor o de discordia, no pudiendo olvidar ni su rostro ni sus besos.

«Como deseo volver a verte, tenerte en mis brazos...», se dijo mientras se adormecía con el murmullo de sus recuerdos.

Arthur falleció el 25 de diciembre de un infarto, dictaminaron los doctores.

Infarto... Corazón roto... Imperceptible diferencia.

Estás haciendo trampa

—¡Estás haciendo trampa! —Laurie enfrentó a Jack.

—Tranquila, solo es un juego —se rió él.

—Un juego de niños que me está aburriendo. Apostemos al menos dinero —dijo ella.

—¿Quién quiere dinero si podemos tener amor? —Jack miró a Laurie sin vergüenza, el ron le había quitado la timidez—. Apostemos besos.

Esa noche él lo arriesgaría todo por estar con la chica de sus sueños, quien finalmente le había aceptado una noche de juegos y tragos después de meses de insistencia.

Laurie, desafiante, se dispuso a barajar el mazo. Después de varias rondas, sonrió triunfante y reveló su mano sobre la mesa ante la mirada rendida de Jack.

—¿Y qué es lo que quieres de premio? —preguntó él, con gran expectativa.

—Un *selfie* en calzoncillos.

—¡Eh, eso no estaba en las reglas! —protestó Jack, quien no tuvo más remedio que pagar su deuda.

Bajándose los pantalones, permitió que le tomara una foto.

—¿Y qué vas a hacer con ella? —preguntó él, sonrojado.

—Extorsionarte. Así puedo besarte cada vez que yo quiera sin tener que aguantar tus juegos y tus sucias trampas.

Ella lo besó en la oscuridad.

Amores de abuela

—No es cierto que tengan siete vidas, ¿sabes? —me dijo un extraño, y yo lloré incontenible mirando su cuerpecito desde la acera...

El pobre gato había cruzado la calle persiguiendo a un ratón y fue atropellado por un auto. Era el minino tan querido de mi abuela, la cual había muerto unos días antes, dejándome completamente sola en este mundo. Yo estaba convencida de que ella lo habría estado extrañando en las alturas y envió a buscarlo.

Quise conservar el collar de cuero del micho para que me acompañe y corrí hacia la calle... Un autobús me pasó por encima.

Amores de abuela...

En mi corazón, hoy y siempre

¿**C**ómo podré dejarte ir si eres tan parte de mí como lo son mis huesos y mi corazón?

Me enamoré como todos los adolescentes, de una cara, de un cuerpo... Pero con los años vi la dulzura de tu verdadero rostro. No, no te idealizo. Conozco bien tus defectos: eres de mal humor y vanidad como cualquiera, tu arrogancia suele ganarle a la razón y tu generosidad afloja cuando tu ambición se inmiscuye. Y qué decir de tus hábitos, aquellos que no coinciden con mis horarios, mis tendencias o simplemente mis deseos. Aprendí a quererte con todo aquello.

Porque me diste atención, cariño, lealtad y sonrisas. Porque estuviste conmigo. Porque me escogiste, porque te quedaste aunque deseabas irte, porque también aprendiste a amarme con todo lo mío. No te voy a dar el gusto de listar mis defectos, los conoces bien. Ambos cruzamos el umbral del egoísmo; infrecuentemente, el de la locura. Pero siempre prevaleció el amor entre los dos, el no levantar la voz, el resistir la tentación de despreciarnos cuando no obteníamos lo que queríamos, el pedir perdón.

Nos prometimos nunca irnos a dormir enojados. En el peor de los casos, nos daríamos un beso y seguiríamos discutiendo al día siguiente. Cuando para mí lo más difícil era voltearme y alcanzarte la mejilla, tú ya estabas al lado ofreciéndome los labios.

Pero no quiero solo hablarte de los momentos difíciles, sino de toda la felicidad que compartimos: de los domingos en el sillón, acurrucados, mirando la tele; de los cafés viendo a la gente pasar; de las caminatas al atardecer; de la excitación de las vacaciones cortas pero inolvidables; de las celebraciones de nuestros pequeños avances; de los *selfies* hilarantes delante de alguna ridiculez; de los pequeños regalos de San Valentín... Reíamos, conversábamos, nos tomábamos de la mano.

Doy gracias —a Dios o al Universo— por haberme bendecido con tu presencia, porque encontré la compañía que enriqueció e hizo más llevadera mi vida. Gracias, amor.

No te preocupes por mí. Aunque hoy llore tu partida, te recordaré con una sonrisa, siempre.

El *v*Armonioso

E lla, airada, se levantó del sillón.

—Te tocaba sacar la basura —dijo.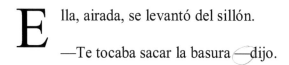

—Yo bañé al gato —me defendí.

—¡El gato se limpia solo!

—¡Olía a pis!

—¡¡Lo que apesta es tu garaje!!

Ya ni sabíamos por qué discutíamos. El mediador, agotado, dio por terminada la sesión.

La historia de siempre... Se pierde el hilo del argumento y la maraña crece sin saber quién cometió la primera falta o lanzó el primer insulto.

«Si tan solo existiera el VAR doméstico...», pensé.

Del infortunio nació una genialidad: el *v*Armonioso, un servicio tecnológico para resolver disputas conyugales.

Tuvimos éxito al principio. Vendimos cientos de cámaras y suscripciones al servicio de arbitraje.

No funcionó. Las cámaras terminaban en añicos.

Hogar, diminuto hogar

No tengo jarrones de la china ni aparatos de última tecnología, solo muebles esenciales, objetos imprescindibles... Hoy, fuera de lo ordinario, he comprado algo especial, más bien necesario, que permanece en el medio de todo, agigantado en comparación con mi diminuto departamento.

Porque yo vivo en un piso de un solo ambiente, con la ropa de lavandería colgada en una soga de pared a pared en el baño. La calefacción hace ruido, como el vecino de al lado... y el de arriba y el de abajo. Cada mes cuento los centavos para pagar la hipoteca y lo que sobra me lo gasto en una cerveza, para que los ánimos míos no se descuajen como la leche del refrigerador, que funciona con el temperamento de un maniático. Y, aunque no es un palacio, está limpio y ordenado, y es un pedacito en las alturas de la Tierra que podemos llamar nuestro.

Porque vivo con mi reina... Cuando ella llega, llenamos el espacio tan solo extendiendo los brazos para tomar un vaso del aparador o apagar el interruptor de la luz.

Discutimos —decimos— por la ley física de la Inevitabilidad, porque no hay rincón donde escondernos, pero siempre terminamos en el sofá cama haciendo el amor o acurrucados mirando la tele sostenida del techo con un clip de metal.

Ella tropieza con el inmenso paquete y frunce el ceño, «dónde pondremos semejante cosa», parece protestar, pero su rostro se ilumina… Siempre habrá espacio para una cuna.

5 Para sonreír

Un encargo especial

T enía que encontrar la puerta diecinueve y entregar un encargo muy especial. Cuando llegué a la habitación, me abrió un hombre muy enclenque, de unos ochenta años. Le entregué el encargo: un sobre perfumado y sellado con el rubor de unos labios, una botella de champán y un par de condones delicadamente envueltos en papel crepé dorado. En fin, no me pareció nada extraño, que no hay límites para el amor.

Cuando esperaba el elevador para volver a recepción, casi me da un infarto: ¡había leído la orden al revés! Volví de inmediato para aclarar el malentendido, pero era demasiado tarde, el anciano ya había colapsado.

Por suerte, todo fue solo un susto. Lo vi hace unos días en el bar, recuperado y muy bien acompañado.

Yo aún conservo mi trabajo de botones, pero ahora le hago una rayita al número nueve y al seis por debajo; en particular, si se trata de encargos especiales.

Anatomía del chisme

«No se lo cuentes a nadie, es un secreto, pero me contaron ayer que Rosa, la canosa de contabilidad, fue a una conferencia acerca de impuestos en el hotel Devoto. Casualmente, vieron a Antonio, el mensajero del piso tres, llevando un sobre manila…».

«Esto es un secreto, no se lo digas a nadie… Ayer vieron a la casposa de Rosa con Toño, el gerente de impuestos...».

«Que de tu boca no salga… El mensajero del piso tres los vio salir en un coche del motel Soto cuando, coincidentemente, repartía un sobre manila…».

«Esto es un súper secreto…».

«Lamento decirte que ayer vieron a tu esposa, Carmen Rosa, con un tal Toño y un tal Choche, el mensajero y el gerente de impuestos, respectivamente. Los vieron a los tres salir de un burdel... ¡Hasta hay un sobre manila con las fotos! ¡Ay, qué escoria, cómo lo siento!».

Reencarnación

—No es cierto que tengan siete vidas —se rio mi hermano.

Mi pobre gato se había desgarrado la panza con un alambre en la calle y el desgraciado de mi hermano se seguía riendo. Se habían detestado siempre.

Junté los despojos del micho, pues quería darle sagrada sepultura. Pero primero inserté de vuelta las tripas en su vientre y cosí la incisión, que no dejara este mundo como una rata inmunda.

Al amanecer, mi hermano pisó algo peludo y salió de su cuarto despavorido: el gato estaba al pie de su cama y ¡había graznado!

No, no se trataba de un caso de reencarnación; así suenan los patos de goma de la bañera.

Obstinado busca empleo

T ampoco hoy encontré trabajo. Apliqué a todo puesto vacante y contesté los formularios de la manera más rimbombante. Como siempre, me despidieron nerviosamente junto a la puerta diciendo que llamarán pronto. A que el departamento legal ya está lucubrando cómo deshacerse de mí... Yo, obstinado, vuelvo al día siguiente, con mi mejor traje. Finalmente, tengo derecho a buscar ocupación: soy desempleado y sin vergüenzas. ¡Suerte la mía que la agencia queda estratégicamente debajo de mi piso! Me la paso de maravillas: charlo con la señora de la fotocopiadora, doy consejos a los novatos y de paso me tomo un cafecito mientras espero. La alternativa, a mis noventa y ocho, es mirar la vida a través de la tele postrado en un sillón…

Microrrelatos de la tía Pepa: *miedo*

E ra una noche de tormenta, rayos y truenos. Los faroles de la calle titilaban con cada relámpago, creando un tétrico panorama de *flashes* en la oscuridad. Se iluminaban los adoquines de la calle por milisegundos y, con esta luz funesta, se alumbraba el candelabro enorme de tres picos. Los truenos hacían trepidar el corazón de la tía Pepa, quien observaba el espectáculo de terror por la ventana en su vestido de bodas de seda blanca, que no le cerraba porque con los años no solo se sube de peso, sino que la ropa también se achica —aclaraba ella.

La tía Pepa miró el péndulo de la pared que oscilaba lúgubre de un extremo a otro (tic… tac… tic… tac…). A la media noche, ni más ni menos, se acostó en el lecho matrimonial como si fuera un cadáver y esperó inerte bajo el latido furioso de la tormenta.

A los pocos minutos exhaló rendida y llamó:

—¡José, te necesito, ayúdame!

El marido, que había estado lavando los platos con guantes de goma, se apresuró a atender los gritos de la tía Pepa esparciendo un espumarajo por todos lados.

—¿Pero, Pepita, ¿qué haces en la oscuridad con tu vestido de novias?

—¡Ahí, párate ahí, junto a la ventana! Ahora, toma el candelabro… ¡No te muevas! —dijo la tía Pepa mientras se volvía acostar en la cama como una mortaja—. Tengo que escribir un microrrelato con la palabra *miedo*… ¡y estoy buscando inspiración!

Caprichos de princesa

«Quiero remodelar el palacio», zapateó la princesa. Sus secretarios la rodearon angustiados. Acababan de decorar su sala de estar, con cortinas francesas y alfombras persas. Anteriormente, se había sembrado el jardín con orquídeas africanas, porque las flores locales le daban alergia. El mes anterior, ella misma había rediseñado los uniformes de sus sirvientes, ahora matizados con enormes lunares color púrpura. El tesorero ya les había dicho que, según órdenes del rey, el presupuesto para gastos de la princesa ya estaba agotado. Pero nadie se atrevía a contrariar a la princesa, se la conocía por su temperamento abrupto, sus insultos e injurias; podrían perder el puesto o hasta la vida. Temblorosos dijeron que sí y tomaron nota de sus deseos.

Empezarían con su habitación: una cama de cuatro postes y muebles de ébano, sábanas y cortinas de seda, piso de amaranto y una mano de pintura fresca.

Los lacayos no tuvieron más remedio que utilizar el magro sueldo de varios meses para afrontar los caprichos de la princesa.

Cuando la alcoba estuvo terminada, la princesa hizo un mohín de insatisfacción y ordenó un piano de cola para su cuarto de música. Los sirvientes cerraron los ojos en desconsuelo.

Pero un día la tragedia acaeció, la princesa perdió el balance y se golpeó la cabeza.

Para recuperar parte del dinero perdido, los secretarios tomaron las cortinas y los muebles para venderlos. Y, ante los ojos medio conscientes de la princesa postrada, también lijaron el piso y pulieron las paredes... para que no quede rastro alguno de la morfina en la pintura ni del barniz resbaladizo.

Delirio cibernético

E mpezó a llorar cuando le dieron una caja de cartón. Treinta años de dedicación no bastaron para ahorrarle el disgusto. Finalmente, se había logrado emular el pensamiento humano para diagnosticar enfermedades mentales con tan solo una entrevista, un escaneo del cerebro y unas pruebas de laboratorio —todo a realizar por un doctor cibernético en tan solo minutos—. Guardó sus libros, el tazón del café y los cuadernos a medio usar. Se despidió del sanatorio que había sido su hogar por tantos años. Volvió a quedarse en la calle, sin techo. Esta vez no había podido convencer al doctor de su delirio.

El testamento de Evaristo Chirigota

Después del funeral del multimillonario Evaristo Chirigota, los compungidos familiares se reunieron para abrir el testamento. El sobre blanco que había permanecido cerrado por muchos años iba a ser revelado por el abogado, el Dr. Inocencio Pérez.

Las lágrimas aún recorrían los pómulos de los afligidos. El sobrino, Rogelio Roña, alababa la guía moral que su tío le había ofrecido generosamente a lo largo de su vida. La hermana menor, María Avaricia, recordaba el amor que Evaristo siempre le había profesado. Finalmente, el mayordomo, don Lacayo Orín, agradecía los años que Dios le había permitido servir a tal honorable hombre.

El Dr. Inocencio tomó el sobre blanco y lo abrió con solemnidad: la voluntad de un fallecido iba a ser expresada ante los seres queridos.

—… y declara como único beneficiario de su fortuna a Kasim Chukwuemeka Babatunde.

Los seres queridos, en *shock*, preguntaron quién era el individuo que había atraído la generosidad del infeliz y desgraciado de Evaristo.

—Aparentemente, es su hijo adoptivo... del continente africano, dice aquí.

Los seres queridos, convulsionados, preguntaron quién más podría saber de la existencia del bastardo huérfano.

—Pues nadie más, el secreto acaba de ser revelado...

María Avaricia cerró las cortinas, don Lacayo Orín aseguró la puerta y Rogelio Roña tomó el cojín del sofá...

Precoz chantaje

E staba harta de ser castigada por las pillerías de mi hermano, quien se las arreglaba siempre para implicarme. Algo tenía que cambiar…

Cuando rompió el espejo de mamá y lo escondió debajo de mi cama para involucrarme, yo le exigí la propina de la semana a cambio de mi silencio. Él no tuvo más remedio que aceptar; su reputación estaba en juego. Con su dinero compré chocolates y los saboreé maliciosamente.

A la semana siguiente, le volví a cobrar la cuota. Y la dinámica duró por unas semanas, proporcionándome un sustancioso flujo de caramelos.

Este truco lo aprendí con la telenovela: es lo que hacen los adultos cuando conocen los secretos de otros adultos, «Operación Chantaje», o algo así.

Sin embargo, un día mi hermano se negó a pagarme y yo no tuve reparos en contarle su delito a papá, quien nos castigó a los dos, a él por esconder una fechoría y a mí por «morderlo».

No sé que hice mal, no terminan así las Operaciones Chantajes de la televisión, y no tengo ni idea de por qué insistió en que yo le clavé los dientes.

La Charla

L e confesé a mi padre lo que había hecho. No tuve opción: mamá me había pillado *in fraganti* besando al hijo de los vecinos, justo aquellos por los que mi padre mostraba un particular desdén. Ni siquiera se dignaba a darles los buenos días.

Mamá fue benevolente conmigo, solo me advirtió que aún no tenía edad para esas andanzas. Papá estuvo enfadado por varias semanas. Luego me llamó para conversar en privado y me dio «La Charla»: incomprensibles metáforas sobre la dignidad y la compostura. Aparentemente, el contenido de esta charla había pasado por la familia de generación en generación, marcando nuestras opciones morales de vida.

De grande, lamentablemente, yo empecé a padecer de las mismas aflicciones. «¿Charlamos?», le dije a mi hija. Se me oprimía el estómago cada vez que ella salía con un muchacho de apegos republicanos.

Microrrelatos de la tía Pepa:
manzanas y *naranjas*

—¡José! —llamó la tía Pepa—. Tengo que escribir un microrrelato con las palabras *manzanas* y *naranjas*. ¿Qué te parece este?

Manzana con manzana más manzana, igual a tres. Manzana más naranja, igual a cinco. ¿Naranja menos manzana...?

—Pues no sé, me parece muy enigmático... —dijo él.

—¿Y este?

Aunque a mí me gusten las manzanas y a mi marido las naranjas, cuando hacemos el amor nos revolvemos como una ensalada de frutas...

—Pero si a mí no me gustan las naranjas...

—¡Es solo una historia, José! —dijo la tía Pepa irritada—. ¡¡A ver qué opinas de este!!:

¡A mí me gustan las naranjas y a mi marido las manzanas, pero, cansada de que este diga idioteces, le clavé el cuchillo de pelar en la garganta!

—Ay, Pepita, pero no te pongas macabra que me das miedo… Por qué mejor no dejas la pluma y nos vamos a hacer una ensaladita de frutas...

Ensayos mágicos

—¡¡¡No es cierto que tengan siete vidas!!! —me gritó mi madre al verme revolotear al gato sobre la ventana del segundo piso.

Tampoco existían ni el ratoncito de los dientes ni los Reyes Magos... Mi mamá me lo explicó todo: que los adultos entretejían mentiras para que la vida no doliera tanto. Pero yo conservé la fe en mi mundo mágico, no para esquivar la realidad, sino para exaltarla y desafiarla. Y, cuando el minino murió de repente —medio rengo—, yo le dije a mi madre que al menos los gatos tenían tres vidas y que sí, usualmente, caían de pie.

Ratatá en la oficina

M e había quedado hasta las tres trabajando en el reporte; dormí unas horas en el cuarto de la fotocopiadora y a las siete volví a empezar. Mis ojos se nublaron con la luz blanca insufrible del Word. Compré una barra azucarada de la máquina expendedora y me inyecté más café, no me quedaba mucho tiempo.

Pasadas las nueve, lo vi entrar comiéndose un *croissant*, exhibiendo su sonrisa manufacturada de dientes perlas. Coqueteó con Larisa, la nueva asistente, que lo tenía en el bolsillo con sus risitas ridículas. Pasó a mi lado como si yo fuera un mueble, le bastaba tirar su periódico sobre mi cabeza para que yo fuera el tacho.

No hizo más que sentarse en su sillón de cuero que empezó a gritarme... que dónde estaba el informe, que lo había estado esperando por días y que quién me creía yo, que a ese ritmo no me promoverían ni al cuarto de correos.

Cuando derramé el café sobre mis zapatos, ya no pude más. Saqué mi arma del escritorio, una metralleta k23, y le disparé. De paso le di a Larisa, que los malditos ardan juntos en el infierno.

¡Ra—ta—ta—ta—ta—ta—ta—ta—ta...!

Luego imprimí el reporte y se lo di mordiéndome la lengua.

Quién no ha matado a su jefe en secreto...

Trémulos recios

E mpezó a llorar de risa y yo, perplejo.

—Caramba, ¿no ves la tragedia? —le dije—. ¿Te parece poco que el tío de noventa, que está senil, traiga a una mujerzuela de veinte a la casa? ¿No te preocupa que cambie el testamento?

Él se seguía retorciendo:

—¿Has visto cómo se menea ella y lo acaricia para enamorarlo? Pero si es un chocho en trémulos... ¡Ni el pulso mantiene firme! ¡Ja, ja! Tranquilo, que no puede firmar.

Así fue, el tío nunca volvió a firmar, pero disfrutó de gran virilidad en sus últimas noches. Y el hijo que le engendró a ella se quedó con la mansión, el Rolls-Royce de los 50 y el reloj de diamantes.

Sistema de Navegación

H ay días en que todo parece estar de cabeza, que todo me sale mal y me siento una bazofia.

Un día de esos, me subí al auto llorando, sin consuelo. Quería escapar a cualquier lado.

Si tan solo pudiera distraerme o ser feliz por un momento...

—*Bienvenido a su sistema de navegación. Por favor, ingrese o diga en voz alta el código postal o dirección de destino.*

Sin poder quitarme las lágrimas de la cara, ingresé *felicidad.*

La pantalla destelló un símbolo de procesando y proyectó un mensaje:

«Destino NO RECONOCIDO».

—¡Estúpida pantalla! Si al menos tuviera unos mangos... *dinero.*

«Procesando...».

«Destino NO RECONOCIDO».

—¡Es que me quiero morir! Si al menos alguien me amara... *amor*

«Procesando...».

«Destino NO RECONOCIDO».

—¡¡¡ MIERDA !!! —grité con toda mi alma.

«Procesando...».

«Destino RECONOCIDO».

«Usted ya está aquí».

—*Bienvenido a su sistema de navegación. Por favor, ingrese o diga en voz alta el código postal o dirección de destino...*

El experimento

Los científicos se quedaron atónitos con el resultado del experimento. El sujeto bajo estudio poseía habilidades extraordinarias: tenía que encontrar la puerta que le permitiera escapar del laberinto, pero no solo hizo eso y en tiempo récord, sino que también encontró la puerta del laboratorio y luego la salida del Centro de Investigaciones. Hasta se llevó las llaves y los encerró a todos. El ratón no dejó rastro alguno.

El *píncipe* Azul

Mami le lee un cuento a Marianita, «El príncipe azul y la damisela en apuros»:

El príncipe azul, subido en su corcel blanco, arremetió contra el dragón y, con su espada de plata, le atravesó el corazón... La princesa, que se escondía en las fosas nasales de la bestia, se sujetó de las vibrisas mientras el animal moribundo caía al suelo...

Ella se arregló el vestido de inmediato, se adornó con una peineta y acentuó sus labios con el carmín que siempre llevaba en su bolso chic. Abriéndole los brazos a su paladín, le dijo: «Te amaré por siempre, mi príncipe azul».

—¿Y po'qué el *píncipe* es azuuuuul?

—Bueno, porque... los príncipes son azules y las princesas rosadas..., como son tu hermanito y tú. A él le compramos zapatitos azules y a ti te ponemos cintas de seda rosa...

—¿Y po'qué las *pincesas* son rosaaaaadas?

—Porque... las princesas, como tú y yo, son delicadas, como el color rosa.

—¿Y po'qué somos delicaaaaadas?

—Bueno, porque... Dios nos ha hecho delicadas como las florcitas y a los varoncitos los ha hecho ¡fuerrrrrtes como los árboles!

—¿Y po'qué Dios nos ha hecho como las florciiiiitas?

—... Para que los árboles nos protejan de la lluvia y del viento... Así como hacemos tu papi y yo... Yo me siento como una florcita a los pies de tu papi. Bueno, basta de preguntas. A dormir, mi florcita... Besitos... ¡Mua!

Mami apagó la luz y cerró la puerta.

—*Temenda* flor de peloooootas es mi mami...

Mitos gatunos

N o es cierto que tengan siete vidas ni que los negros traigan mala suerte... Tampoco, que la señora de la esquina, por tener una docena, sea una bruja. Nosotros nos contábamos esas historias porque justificaban nuestras pillerías. Así, un día, metimos un ratón muerto en la bata de la anciana mientras esta dormía. La pobre no solo se dio un susto, pero un pandemonio de gatos le rasguñó hasta los calzones.

Jamás volví a meterme en la casa de un vecino sin permiso. «¡La curiosidad mató al gato!», me dijo mi papá después de la paliza. Este es el único mito gatuno en el que creo hoy.

El minutero de la libertad

H abía tolerado maltratos y humillaciones. No veía la hora de escapar de ahí. Miré el reloj, impaciente. Pensaba en todo lo que iba a conquistar cuando ese minutero restituyera mi libertad y dignidad. Los días se harían más intensos; recobraría la risa, las ansias por vivir... En cuando esa manecilla marcara la hora, se levantarían las rejas de mi prisión, escaparía de las expectativas mortuorias, huiría de la severidad que mató mi ilusión, me rasgaría la condenada camisa, correría sin parar respirando el aire de mi propia voluntad...

Volví a ver el reloj en la pared..., solo unos minutos más. Yo no dejaba de mover la pierna en un convulsivo tic, como si comprimiendo mis nervios se fuera a pasar el tiempo más rápido.

Volví a mirar... El minutero rozaba la hora... Los últimos segundos... Estallé al son del campanazo... ¡El último día de clases! ¡El comienzo del verano!

¡¡¡Libre, al fin!!!

Supersticiones del calendario

20 de enero de 2020, un día de suerte.

Esa mañana, brillaba un sol especial. Encontré veinte euros en mis pantalones justo antes de llevarlos a la tintorería. Llegué al trabajo puntualmente, sin codeos o malhumores en el tren. Sobre mi escritorio, Lulú me había dejado un capuchino y una nota con una carita feliz. Mi jefe incluso elogió mi informe al final del día.

Como sentía mi buena fortuna, compré un billete de lotería con el número 20. Soñé con un yate sobre el Mediterráneo azul y una botella de champán.

Sin embargo, la normalidad volvió más convencional que nunca: el 26 de enero no me inspiró nada. Esa mañana de lluvia, se arruinó mi traje y llegué tarde ante la vista irritada de mi jefe. Lulú ni me dio los buenos días. Tal era el estrés que bullía en mí que me olvidé de la lotería.

Cuando chequeé los resultados más tarde, para mi extraña sorpresa, el número 20 había ganado un premio especial. Pero, como era de esperar, el 26 no podía ser mi día de suerte: ¡no encontré el maldito billete! Sin duda alguna, lo había dejado en el traje que había llevado a la tintorería después de la lluvia.

Yo no pierdo la fe, ¡los signos divinos sí existen! Este 02 de febrero de 2020 es ¡¡capicúa!!

Cucú

S iempre le tendré miedo a los relojes cucú. Son macabros a pesar de su inocente apariencia. Usualmente, están hechos de madera oscura y son labrados como si fuesen los troncos de un árbol embrujado. A cada hora, un pájaro tieso y embalsamado aparece entre sus puertas y produce un tétrico cucú... cucú...

Mi aversión se originó el día que me atreví a cruzar el umbral de la mansión del señor Green, el relojero del pueblo, un viejo recluso, cuya inmensa colección de relojes —se contaba— había sido heredada de aquellos que fallecían repentinamente luego de dejarle un aparato para reparar. También se decía que había perdido parcialmente la vista al trabajar con demencia en las minúsculas maquinarias.

Ese día, azuzado por mis amigos del colegio, le robé a mi abuelo el reloj de bolsillo que había dejado de funcionar hacía años, y me enrumbé hacia la mansión. Temeroso toqué la puerta, pero como nadie me respondió, entré sin invitación. Un descomunal reloj cucú me embistió en el vestíbulo.

Me asomé por los pasillos y pude ver la vasta compilación de aparatos bajo el siniestro tictac de las máquinas sincronizadas. Era un cementerio negro de agujas, péndulos, cadenas...

Finalmente, atisbé al viejo relojero, quien, bajo la luz tenue de una lámpara, reparaba un reloj con el ojo que le quedaba.

Retrocedí asustado y busqué la puerta, pero, antes de poder huir, el enorme reloj cucú me emboscó y entre sus puertas diabólicas emergió el ojo cercenado del señor Green: ¡Craaaaaa...! ¡Craaaaaa...!

Corrí despavorido...

6 Horrores y tristezas

La bestia del pantano

Debí haber escuchado las recomendaciones del hombre de la aldea. Ahora me encuentro escondido en una cueva conteniendo la respiración para que ningún ser viviente se percate de mi presencia.

El anciano nos lo advirtió: «Y deambulará durante la oscuridad en busca de una presa, rugirá con estruendo y acechará el pantano levantando cada piedra».

Pensamos que eran mitos, los de una población empecinada en que nos marchemos. Como si pudiéramos reconstruir un avión…

No debí haber dejado el campamento. Sí, estábamos muertos de hambre, al igual que toda criatura de esta maldita isla, pero salir en busca de alimento, veo ahora, sin duda alguna, que fue una solemne estupidez.

Si tuviera una luz de bengala, podría al menos enfrentarlo con un destello. Si tan solo pudiera reavivar la antorcha...

¡Oh, Dios! Su bramido se escucha cada vez más cerca. Cae el polvillo de la cueva sobre mi cabeza cuando da sus pasos colosales. Su berrido y el temblor de la tierra solo confirman su aberrante tamaño. ¡Qué terrible muerte, la de ser desgarrado por una bestia!

¡Que llegue el día, que la luz del amanecer lo enceguezca! Te lo imploro, Dios, pon fin a esta endemoniada noche...

Y, cuando el monstruo remeció con furia los cimientos de mi guarida, el crepúsculo del día se filtró entre las rocas y la bestia se hundió en la profundidad del pantano.

Cena a medianoche

E staban poniendo la mesa para cenar, aunque era más de medianoche. Se pasaban los platos y las copas en metódica procesión. Luego repitieron la danza con los cubiertos. Uno corrigió a otro, aparentemente no estaba siguiendo la etiqueta que exigía la ocasión. Me invitaron a sentarme y yo los emulé. Un violinista entretenía la velada. Era un festín. ¡Chinchín! Brindamos.

Cuando se trata de una cena apacible, no me importa acompañarlos. Cuando son batallas, Dios me libre. Porque hoy es una mesa, mañana es un cañón. Los llevé a dormir y les puse un disco de Mozart: ayuda a conciliar el sueño y templa el delirio.

Creaciones con escarcha

O rgulloso, le mostré a mi padre lo que había hecho, sin saber que se trataba de una infracción. Yo, en ese entonces, estaba fascinado con los temas cósmicos, la escarcha plateada y las formas refinadas. Cuando le modelé mi proyecto futurista para la escuela, él se enfureció. Mientras volcaba su ira, me quedé mudo y tieso mirando fijamente la punta perfecta de mis zapatos metálicos. Mamá no dijo nada.

Desde ese día cerraron su habitación con llave, escondiendo tesoros que yo no debía alcanzar. Solo me quedaron el casco espacial y el eco de sus gritos, que siguió retumbando en mí por mucho tiempo, en especial, cada vez que veía zapatos brillantes de mujer de tacón alto.

Histeria colectiva

A ntes de ver lo que Arturito, el repetidor, llevaba en su caja de compases, bajé a Marita del pupitre. «¡Tiene una tarántula!», gritaba la niña mientras los demás revoloteaban por el salón en pánico.

¡Arturito, endiablado crío! Subversivo de la educación, pendenciero y artífice de fechorías. Sabíamos bien cuál sería su destino: lo expulsarían de la escuela, duraría poco en los empleos, terminaría preso o borracho.

Lo envié a la sala de detención.

Cuando abrí la lata, me di cuenta de que sus antecedentes y la histeria colectiva ya lo habían condenado: no había más que un escarabajo.

Asociaciones freudianas

M e niego a enfrentarlo. Sé que está allí únicamente para torturarme, para que piense en mi *sufrimiento*.

Sufrimiento… Mi mente se desvía a analizar el origen de mis pesares: ¿será la neurosis heredada de mi madre?; ¿la pubertad que tardó en llegar e hizo de mí un muchacho enclenque con una predisposición al análisis inútil?; ¿habrá sido un desamor de juventud que me dejó *ansioso*?

Ansiedad… Las presiones y las desilusiones del tiempo presente me generan angustia. ¿La inseguridad laboral? ¿El miedo a quedarme solo? ¿La *incertidumbre* inherente a la vida?

Incertidumbre… ¿Será algo más profundo? ¿Quién soy realmente?, ¿cuál es mi propósito…? «Qué filosófico estoy», *me burlo de mí mismo*.

Resisto la tentación de mirarlo, porque yo sé que está ahí, esperando sin misericordia que yo desista.

Burlándome de mí mismo... Pienso acerca de la conversación desatinada del día de hoy, «por qué no respondí aquello» o «por qué no hice lo otro». Siempre lo pude haber manejado mejor o, al menos, de una manera que no me avergüence. Me recrimino retocando el disco de mis *fracasos*.

Dicen que lo peor que puedo hacer en ese momento es darle un vistazo, pero yo ya no tolero su opresión silenciosa, quiero saber cuán terrible es mi situación.

Fracasos... Sucumbo. Muy a mi pesar, me volteo a mirarlo y ahí está, acechándome despiadado con su resplandor: tres de la madrugada... Maldito reloj, maldito insomnio, maldito *sufrimiento...*

Sufrimiento...

Un día agotador en la oficina

N o hice más que cruzar la puerta de la agencia que el oficinista me despidió con la mirada, y son apenas las diez de la mañana.

Tampoco hoy encontré trabajo.

Mi rutina diaria es sentarme discretamente en un café sin que el mozo se percate de mi extendida presencia. No veo beneficio alguno en malgastar los zapatos ya viejos caminando todo el día. Pido un expreso y lo alargo hasta la tarde hojeando los anuncios, haciendo crucigramas... Luego me enrumbo a casa, muerto de hambre.

«¿Cómo te fue hoy?», ella me recibe con una sonrisa mientras coqueta prepara la mesa. Cierro los ojos y suspiro rendido: mi gesto fingido de un día agotador en la oficina.

Para qué decirle.

Mea culpa

L e confesé a mi padre lo que había hecho con el propósito de remediar la situación, pero él le gritaba a mamá sin misericordia.

Intervine, angustiado: «¡Fui yo el que rompió el jarrón!».

Era uno de los artefactos más costosos que él había comprado en uno de sus viajes. Yo había juntado las piezas rotas y, en vano, había intentado pegarlas con la goma de la escuela. Mamá me lo había advertido, que no pateara la pelota dentro de la casa.

«¡Mamá no tuvo nada que ver!», lloré. Pero él ya estaba junto a la puerta, con su equipaje y sombrero en mano.

Se fue, castigándonos a los dos.

Tragicomedias

Cuando llegué estaban poniendo la mesa para cenar. Desde la cocina, se escuchó el estruendo de tapas metálicas sobre el piso y, enseguida, una voz solemne que anunciaba una tragedia:

—¡Nos quedamos sin comida! —declaró ella—. ¡Se me cayó el puchero!

—¿Por qué mientes, abuela? —le dije yo, incrédulo.

Puse el pan sobre la mesa y comimos a media luz.

Poco a poco me acostumbré a sus teatros, divertía a mis hermanos menores. Se le quemaba la sopa, la empanada se la comió un ratón, bailaba la danza de los cucharones, saboreaba una tarta invisible, tocaba la marimba con botellas de leche vacías...

Los pequeños se reían con sus comedias y así se conformaban con lo que yo mendigaba durante el día.

El déspota

E l déspota causa indignación, impotencia, miedo...

Quiere construir murallas y cerrar fronteras. Defiende a los supremacistas y desprecia a las minorías. Enjaula a los indefensos. Se codea con tiranos, pero abofetea a los justos. Desmantela tratados y destruye entendimientos. Subestima a la ciencia y enaltece a los mercados. Favorece a los poderosos, negándoles sanidad a los pobres. Deja una huella de guerra en cada suelo que pisa. Amordaza a los críticos, intimida a la oposición...

Sus palabras me alarman. Sus injusticias me indignan. Sus armas de exterminio me intranquilizan.

Pero lo que más me asusta del déspota es que cuenta con millones de seguidores, atontados con su discurso y embelesados con sus acciones.

Años perdidos

La última bomba destruyó nuestra finca. Escapamos de los escombros mi hermano y yo. No sobrevivió nada más. A sus cinco años no entendía quiénes nos odiaban tanto. A mis doce, yo tampoco. Nuestro rencor, a su vez, seguía creciendo.

Alcanzamos la villa de unos parientes lejanos, quienes nos dieron resguardo, leche y pan de maíz. Sin embargo, la destrucción no tardó en llegar.

Abandonamos la aldea en una carreta maltrecha, con un saco de cebada y una cabra. La falta de un techo, irónicamente, nos dio cobija: caminábamos invisibles bajo los aviones de guerra.

Cuando llegamos a la frontera, una fuerza militar extranjera, entre las muchas que habían intervenido en el conflicto, nos cerró el paso. Improvisamos una vivienda y nos alimentamos con lo poco que encontrábamos: frutas de cactus, reptiles e insectos.

Han pasado cinco años y lo que empezó con una centena de refugiados es hoy un campamento de miles. Recibimos limitada ayuda aérea. No tenemos escuela, pasamos el día cazando lagartijas y mirando la frontera con deseo.

Siento gran urgencia de cruzarla, aunque pierda la vida en el intento...

Manías y tristezas

C uando llegué, estaban en silencio poniendo la mesa para cenar. Habían sacado los cristales, la vajilla francesa, los cubiertos finos, el mantel blanco bordado de la abuela... Los candelabros estaban encendidos, había rosas y champán.

—¿Por qué tanta finura? —pregunté, extrañado.

Mi hermano menor se encogió de hombros y papá inclinó la cabeza hacia la cocina. Pude ver una docena de platillos y bandejas: mamá estaba preparando un banquete.

—Pero ¿quién viene a comer? ¡¿El rey de España?! —elevé la voz.

—Shhh —me calló papá—. No lo arruines, al menos hoy comemos juntos.

Y por lo bajo me dijo:

—Prefiero la extravagancia a la tristeza.

Actividades ilícitas

E mpecé a sospechar una tarde, cuando el móvil timbró y él titubeó al contestar. ¿Quién llama que le genera tanta ansiedad frente a mi presencia? Tomó el teléfono y discretamente se desplazó hacia el jardín, que las paredes cómplices obstruyan la comunicación.

Esa misma noche se quedó hasta la madrugada en el computador, la luz azul de la pantalla centelleaba por debajo de la puerta. ¿Qué podía distraerlo toda la noche si no era alguna actividad ilícita? ¿Pornografía? Misteriosamente, el historial de navegación había sido limpiado a rajatabla, no pude rastrear su exploración en línea.

Los días siguientes llegó más tarde que lo usual sin darme ninguna explicación por su tardanza o por su comportamiento errático. Cuando lo vi hablar por debajo con María, la muchacha de la limpieza, me di cuenta de todo. Mi corazón empezó a apremiarse y las noches de insomnio me torturaron imaginando lo peor: la humillación de la traición, el dolor de la partida y la soledad abrumadora del final.

Esa mañana no fui al trabajo. Di vueltas en el auto como una enajenada y perdí la noción de la realidad...

Volví a casa al anochecer.

Cuando abrí la puerta me recibieron con ovación: «¡¡¡Sorpresa!!!». En la tensión, me había olvidado por completo de mi cumpleaños. Mi marido me había estado organizando una fiesta sorpresa.

Sentí náuseas. Enmudecí. Me mezclé entre el bullicio de los invitados, pero yo ya no escuchaba… Lo único que retumbaba en mi cabeza eran los gritos de María.

Calesita

E ra un día precioso de sol. Te puse tu sombrerito de algodón azul y te até los zapatos. Fuimos al parque, como todos los días. Jugaste con la arena y el tobogán, e insististe en subirte al juego de caballos blancos, la calesita que daba vueltas. Te había dicho que aún estabas pequeño, que te podías resbalar. Siempre protectora, te decía tantas cosas: que no hables con desconocidos, que no comas arena... Y salía a tu rescate si algún chico más grande te empujaba.

Ese día accedí; finalmente, cumplías cuatro en unas semanas. Te dije que no te soltaras, que te agarraras del tubo como te abrazabas de mi pierna.

Qué felicidad la tuya dando vueltas en tu corcel. Pude ver cómo gozabas de la experiencia nueva, del juego que daba vueltas.

Giraste varias veces y bajé la mirada por un segundo. Cuando la elevé para buscarte, tu caballo había dado la vuelta sin ti. Miré alrededor, quizá ese no era tu puesto. En pánico fui a buscarte, pensé que te habías caído. Corrí alrededor del tremendo juego sin parar, desesperada. Pero ya no estabas.

Dicen que soy la eterna penitente, como si el simple hecho de sentarme me pudiera quitar la culpa. Dicen que estoy esperando que tu memoria inconsciente te lleve al último lugar en el que fuiste feliz. Vengo todos los días y me siento en la misma banca para recordarte. Hace más de veinte años que no te veo. El día que desapareciste, enloquecí.

Travesía del Miedo

T odo ocurrió en la negrísima oscuridad para evitar
que las fuerzas vigilantes se percaten de nuestra
insignificante existencia. A esa edad, poco comprendía,
solo sentía miedo. Miedo, porque los rostros de los
hombres que nos llevaban eran como las máscaras
endemoniadas del chamán. Miedo, porque no sabía a dónde
huíamos. Miedo, porque papá ya no estaba...

Me aferré a mamá, pero ella sujetaba a mi hermano
menor. Mi estómago, que no había probado bocado,
empezó a zarandear. La mujer de al lado no se daba abasto
con sus niños, así que terminé cargando a un bebé en mis
brazos. El pobre indefenso lloraba en raquíticos gemidos,
tendría hambre y frío —y miedo— como yo.

Y pasaron las horas de helada travesía y con ellas tuve
más miedo, porque el cielo pareció agitarse, indignado y
rabioso. Y yo estaba segura de que algo malo habría hecho
para merecer ese castigo y pedí perdón, pero las olas
furiosas y sañudas nos cubrieron.

Miedo, porque no vi a mamá... porque solté al bebé... porque me hundí en el mar…

Ciudadano ejemplar

J amás mató ni robó. Se ha emborrachado varias veces, pero nunca si fuera a conducir un coche. ¿Drogas? Ninguna. Algunas infracciones de tránsito, tal vez. No miente en sus impuestos. Cumple con su trabajo, abre la puerta por cortesía, da unas monedas a quien lo necesita, recicla y le sonríe al extraño en la calle. Vota en elecciones puntualmente y participa en actividades cívicas. Reza padrenuestros y se persigna en los cortejos funerarios.

Se puede decir que es un ciudadano ejemplar, un trabajador honesto, un pariente o padre dedicado, un servidor de la comunidad o una persona de confianza.

Pero yo conozco su secreto.

Ciudadano ejemplar, no te preocupes, sabes bien que tu pecado está a salvo conmigo, porque de emerger de la profundidad de mi inconsciente me quebraría en mil pedazos.

Informe ultrasecreto

El informe con el sello oficial de ultrasecreto llegó a las manos del dictador. Solo se imprimía una copia y los archivos de evidencia se guardaban bajo estrictos procedimientos de seguridad.

El tirano hojeó el informe con indiferente hastío, se incluían recuentos atroces de agresiones físicas y mentales, y el listado de los miles de muertos, heridos y desaparecidos. Nada lo impresionaba. Eran las inevitables consecuencias de la sangrienta revolución: su ideología y mesiánica visión iban a imperar.

Las calles estaban desiertas. Ahora nadie se atrevía a expresar el descontento: mejor callar que morir martirizado en una celda. O mejor escapar a los países vecinos, quizá la misericordia del policía extranjero de inmigración era mayor que la del paisano.

Los allegados más cercanos miraron al tirano con expectativa, algo debía hacerse o el país caería en una irremediable crisis.

—A mí nadie me saca del poder, que las turbas continúen con el trabajo de depuración...

El informe ultrasecreto, la evidencia y los inocentes de la nación fueron triturados.

3650 días, 2 horas y 15 minutos

3650 días esperando...

2 h 15 min: Me levanto temblando, tengo miedo.

2 h: Desayuno a medias, solo quiero respirar.

1 h 30 min: Intento ~~volver a~~ escribir, pero ahora el miedo ha dominado mis sentidos.

1 h 12 min: Prendo un cigarrillo, necesito relajar el cuello.

59 min: Me preguntan si he terminado y, en la desesperación, hago un garabato final en el papel blanco; dice «Lo siento».

22 min: Estoy paralizado de terror, o por los químicos.

10 min: Deja de latir mi corazón.

0 min: Me declaran muerto.

3650 días, 2 horas y 15 minutos de condenada espera.

Transeúnte inmolado

E ra un día de cielo azul imperturbable. Como todos los domingos, salí a la calle a comprar el pan recién horneado y el periódico. Era temprano, así que la gente aún no se asomaba por las ventanas y yo caminaba libre, a mis anchas. Recorrí las calles con serenidad.

Por un momento, el cielo se ennegreció y enceguecí con la oscuridad. Caí en un profundo abismo, en un paralizante coma. No escuché ni palabra ni sonido, pero sabía en mi letargo que estaba desprotegido.

De golpe, una bocina nuclear me despabiló y *flashes* incandescentes quemaron mis retinas.

«¡Ayúdenme!», grité horrorizado, pero parecía estar recluso en un armazón metálico sin escape al mundo exterior. Resistí con todo mi ser y luché contra las fuerzas nefastas que me flagelaban.

En mi última hora, abatido y trastornado, escuché una voz: «¿Quieres vivir?».

«Sí, sí…», lloré e imploré misericordia, ya no toleraba el sufrimiento.

Confesé, tal como lo querían mis verdugos, y jamás volví a ver la luz del sol ni el cielo azul.

Hijo de la Caravana

M i padre había sido abaleado por criminales, aquellos que aterrorizaban a la villa para que los protegiéramos de la policía o para servirles de mensajeros entre bandas hoy filiales, mañana adversarias. La muerte de mi padre me causaba gran dolor, pero el rumor de que él había recibido «lo suyo» por denunciar a los mafiosos, extrañamente, me llenaba de orgullo. Había dado su vida por una sociedad más justa.

Mi madre, temerosa de represalias adicionales, me tomó del brazo y empezamos la marcha esa misma noche con tan solo unos sacos sobre las espaldas, que hacían de mochila, de bolsa de dormir, de mantas. Un rosario, algo de comida y unos billetes que no valían nada...

Encontramos en el camino cientos de historias similares, de trágicas pérdidas y desolación. Mujeres, niños, familias enteras, hombres jóvenes, ancianos y minusválidos... Todos huyendo de la violencia sin sentido, de la corrupción del corazón. No era solo cuestión de pobreza, se trataba de librarnos de la deshumanización.

Cuanto más caminábamos, más se engrosaba la fila, no solo de hombres y mujeres, sino de esperanza. En los números encontramos nuestra identidad y fuerza, superando los calambres, el miedo, el desaliento, el hambre y el frío. Éramos una cadena interminable de oración.

Nos detuvieron en la frontera. Lloré cuando me separaron de mi madre entre gases y balas de goma. Hoy duermo en una celda.

Soy hijo de la Caravana, y solo deseo reunirme con los míos y migrar a un lugar sin violencia.

El último hombre de pie

E l golpe me tumbó al suelo, pensé que era el fin, pero el árbitro agregó quince minutos más. Me levanté azuzado, aún podía ganar. Mi contrincante me propulsó un puñetazo descomunal. Tambaleé... Las fuerzas me abandonaban.

¿Por qué lo hacía? ¿Dinero? ¿Confianza exagerada en mi habilidad? Me dio un cabezazo. Exhausto miré al referí, faltaba poco. ¿Gloria para sobrevivir en la cárcel? Otro golpe... La vista se me nubló, me desgarró el labio. Un minuto más... Caí de rodillas.

La audiencia me abucheó y se agregaron quince minutos más. Me levanté apenas y manoteé. Me partió una costilla. Dos minutos más... Ensangrentado, miré al árbitro para que tocara el silbato final. Pero este añadió diez más.

Caí en la cuenta... «El último hombre de pie hasta la muerte» era literal.

Horror azulado

El detective Martínez fue enviado a la mansión del señor Ugarte para investigar un caso de asesinato doble. Tanto el dueño de la casa como su ama de llaves fueron asesinados el mismo día y de la misma forma.

La investigadora paranormal, Susana Rogers, también fue asignada al caso.

—Veo que viene preparada… —se mofó Martínez al observar el crucifijo que llevaba de colgante.

—Yo no me burlaría, Martínez, no es la primera vez que escucho de la presencia de Lucifer en la Casa Ugarte. —dijo ella mientras examinaba la habitación—. ¿Dónde se produjo la primera muerte?

—Aquí, en la cama. La mujer lo encuentra aún vivo, llama a emergencias y les transmite lo que Ugarte logra susurrarle antes de morir: «azulado». ¿Qué es de color azul relevante en este caso? ¿El color de ojos del asesino, de su vestimenta...? Me tiene perplejo. Minutos después, ella muere aquí, junto a la ventana… Solo hay una explicación: el homicida estaba en la habitación…

—O el Impío…

Un aire frío les entumeció el rostro.

—Tenemos que salir de aquí, Martínez, puedo sentir las vibraciones… —exclamó la investigadora Rogers.

Alguien —o algo— se aproximaba. Sintiendo la trepidación de su cuerpo, el terror invadió a Rogers. La mujer cayó en trance. Al verla agonizar, Martínez fue en su ayuda, pero ella ya había sucumbido, de rodillas, con el corazón fracturado. En su lamento de expiración, ella logró advertirle:

—Lo puedo ver, Martínez… El Demonio está *a su lado*…

Él le arrancó el crucifijo y, pidiendo misericordia al Cielo, esperó temblando la aparición de la Bestia…

Incomprendido

—No es cierto que tengan siete vidas... —me dijo el siquiatra.

Mis padres me habían enviado a terapia al ver que yo era cruel con el gato de la casa. El doctor quería cerciorarse de que yo entendiera la diferencia entre realidad y fantasía, y que no ocultase deseos perversos de lastimar a los más pequeños.

Me auscultaron y medicaron... hasta que aprendí a ocultar mis inclinaciones. Hoy sufro de una neurosis severa.

Me pregunto qué mal hice en querer quitarle el dolor a un minino que maúlla, lo mismo hago hoy cuando extingo el llanto de las criaturas...

El Ojo de Oro

—La ambición en moderación es buena —dijo el chamán, parsimonioso—, pero en altas dosis puede ser mortal.

Los exploradores no entendieron la relevancia del mensaje que el vidente dilucidaba entre los restos de té macerados en una taza. Finalmente, la visita al brujo era solo una parada cultural y una oportunidad para recobrar el aliento: el calor de la selva y la espesa vegetación extinguían el oxígeno.

Continuaron con la aventura, adentrándose aún más en la jungla, no obstante el cansancio. El reto era encontrar el «Ojo de Oro», del que tanto se hablaba en las escrituras de la comunidad indígena. «Un adoquín descomunal de oro, de la apariencia más rara», se había traducido en los libros occidentales.

Sin embargo, unos cayeron enfermos, sofocados por las ondas tóxicas emanadas por plantas venenosas. Los que aún se mantenían en pie dejaron atrás a los inválidos y siguieron adelante.

Poco a poco fueron perdiendo la consciencia, el aire impuro les atrofiaba el cerebro.

Solo quedaron tres exploradores vivos, quienes decidieron continuar a pesar de todo; serían los héroes de la historia.

Cuando llegaron a la cueva que se decía albergaba el místico Ojo y otros tesoros, hicieron un pacto. Se repartirían todo entre los tres y venderían el relato de la aventura al mejor postor.

Pero nunca lograron salir de la fosa con vida; fueron devorados por un ogro de vellos ámbar de un solo ojo: un cíclope dorado, el «Ojo de Oro».

7 De esperanza

Ciclo de decepciones

H abía pedido a los Reyes que le devolvieran a su papá; en cambio, recibió unos zapatos de segunda mano. Había deseado ser más musculoso para enfrentar a los bravucones de la escuela, pero su destino había sido ser un saco de huesos: lo zurraron en cada esquina. Su sueño de viajar y escapar de su triste pueblo nunca se cumplió, pues nadie hace fortuna limpiando cristales.

La esperanza le volvió al cuerpo cuando la vecina, después de haberlo despreciado, accedió a dormir con él.

Se juró romper el ciclo de decepciones el día que tuvo a su hijo en brazos: no habría Bajada de Reyes sin papá o sin zapatos nuevos.

La batalla contra el miedo

L a joven guerrera Sira, abatida, voló con su halcón hasta la cima de La Esperanza y pidió consejo.

—El miedo me ha vencido —dijo ella, desconsolada.

—¿Y a qué le tienes miedo? —le habló la Sabiduría.

—A no tener qué comer, a enfermar en el invierno, a no poder proteger a los míos, al horror de la batalla...

—Pero hoy tienes alimento, el otoño aún no ha llegado... y tú y los tuyos están con vida. ¿No ves que el miedo no existe, que es solo un espejismo?

—¡Pero lo que siento es real, poderoso y cruel! ¡No puedo desvanecerlo! —exclamó la muchacha.

—El miedo se apacigua, no se vence. No arremetas contra el miedo con tu espada, déjalo atravesar tu cuerpo como si fuera el aire, invisible y etéreo.

Y, ahora, cuando Sira siente miedo, silba con su gaita para que el miedo pase como si fuera viento.

Pausa de Navidad

Cuando llegué estaban poniendo la mesa para cenar. Los cubiertos y los platos estaban descoordinados. Faltaban vasos, servilletas, una cesta de pan. Contribuí con dos latas de sardinas. No había suficientes sillas plegables, así que usamos ladrillos como asientos. Vi el fuego debajo de una olla de barro y el vapor de un guiso. Ya no pude contener el hambre. Nos sentamos a la precaria mesa y agradecimos a Dios la cena de Navidad, y por estar vivos. El hacinamiento en la tienda por fin nos quitó el frío y el recelo. Intercambiamos nuestros nombres. Al día siguiente volvíamos a caminar, con más esperanza de alcanzar nuestro destino.

Pordiosero

T ampoco hoy encontré trabajo. Hice la cola diaria frente a la planta, pero me miraron con desprecio; soy prácticamente un indigente nauseabundo.

Cansado de recorrer las calles con la mirada gacha, me perdí en el malecón entre los pescadores y ofrecí filetear pescado por unos boquerones fritos. Pero mi aspecto hediondo repugnaba incluso a las aves.

Me senté y me apoyé contra un paredón, junto a un acantilado, a calentar mi piel desdeñada bajo los rayos del sol. En el momento en que me hundía en la desolación y miré el precipicio con deseo, se produjo un milagro: un alma caritativa me dio un cupón para ir a un barbero.

Y antes de marcharse me estrechó la mano, a mí, al pordiosero.

Provisiones esenciales

S e me acumulan los garbanzos, las conservas, las botellas de agua. Son provisiones de supervivencia. Voy a buscar más cada vez que el noticiero anuncia una calamidad inminente. Ayer fue el rebrote del virus del Ébola y hoy, evidencia contundente del calentamiento global.

Cuando escuché que un huracán se formaba en el Atlántico, suspiré rendido. Decidí entonces comprar ron e invité a los vecinos. Comimos garbanzos con chorizo y una empanada de atún. Bebimos y charlamos hasta el amanecer.

Hoy nos reunimos cada mes para preparar y compartir una cena hecha con los suministros que tengamos por expirar.

Ahora las llamo provisiones de la felicidad.

Corazón contrito

Había pedido a los Reyes que le devolvieran a su papá. Le dije que los Reyes, a pesar de ser magos, no hacían magia y que solo podían traer objetos, como juguetes o algún peluche. No sabía cómo explicarle lo que había pasado. Yo solo le había dicho que su padre estaba de viaje. Era muy pequeño para comprender.

Entonces se me ocurrió pedir permiso y decorar el lugar como un establo. Muchos quisieron colaborar y representamos la Natividad. Alegró a los niños y a las familias.

Su deseo de tener un hogar ordinario no se disipó, pero milagrosamente fraternizó con uno de los Reyes, quien le prometió con la mano en el corazón contrito que su padre volvería pronto: en unos meses terminaba su condena.

Cuando una puerta se cierra

D icen en mi pueblo: «Cuando una puerta se cierra, otra se abre». En ese entonces estaba desesperado por creer en dichos populares, pues necesitaba a gritos recuperar la fe. Todo parecía estar en mi contra. En una cadena de hechos fortuitos, perdí mi trabajo, mis ahorros, a mi mujer. Tenía que encontrar la puerta que se abriera y me diera esperanzas.

Llamé a los amigos y conocidos, pedí una cita con el banco, le rogué a mi mujer que me perdonara. Pero ninguna puerta se abrió y con cada una que se cerraba me hundía más en la depresión. Fue entonces que decidí no hacer nada y, cuando dejé de golpear puertas, vi la salida. Acompañé a mis amigos enfermos, cuidé las casas y mascotas de los vecinos, asistí a funerales y consolé a los viudos, participé en actividades de caridad...

Al final, no conseguí recuperar lo que había perdido, pero encontré la salida a mi aflicción: ya no espero que se abran puertas para mí, hoy encuentro sosiego dejando la mía siempre abierta.

Danza tormentosa

L a joven Sira sintió un hormigueo en el cuerpo. Se levantó irritada. Quería escapar, volar con su halcón hacia las alturas. Pero la tormenta seguía azotando la aldea y era peligroso aventurarse afuera. Las velas apenas alumbraban las oscuras paredes de su vivienda y se apagaban con frecuencia cuando se filtraba el viento por debajo de la puerta. Las pequeñas ventanas poco dejaban ver. La negrura de la noche era tal que parecía estar atrapada en una madriguera. Y el ruido de los árboles agitados y el eco siniestro del viento retumbaban en su pecho.

Dio vueltas como una fiera en su limitado espacio. El pan de centeno estaba por acabarse y también sintió hambre. Solo quería que acabe su suplicio, pero cuanto más deseaba que pasara la tormenta, más fuerte sonaban los truenos en su interior. Cuanto más deseaba estar libre, más oprimida se sentía entre sus cuatro paredes. Cuanto más quería ver la luz del sol, menos percibía.

Pensó que podía perder la razón si la tiranía de la naturaleza continuaba. Intentó desafiarla abriendo la puerta, pero una ráfaga helada le agrietó el rostro. Cerró el portón con toda su fuerza y gritó conjuros en la desesperación; sin embargo, su voz era acallada con cada estruendo. Se sintió impotente ante su poder y exhaló rendida.

Buscó paz en su interior. Quiso comprender en lugar de resistir. Le habló la Sabiduría en su interior:

No es tu enemiga. No vino a atemorizarte, ni a vengarse. Las tormentas son danzas. A ti te asusta su música porque las llamas negras y dolorosas, pero es solo un movimiento de esta Tierra que está con vida. Crees que tu intelecto superior puede dominarlo todo. Pero no es así. Si te atreves a volar hoy, perecerás como un pequeño gorrión con las alas quebradas bajo su potente ajetreo. Entiende, no somos amos, somos huéspedes y debemos respetar sus ritmos. Debemos trabajar juntos para mantenernos vivos.

No las llames ni negras ni blancas, son solo danzas... Habrá las que, a tu juicio, te llenen de terror o de ilusión. No las nombres, solo siente que algunas son más fuertes y otras más calmas.

Si te atemorizan, da un paso atrás y espera. No las resistas, déjalas ser.

Sira se sintió más serena y se acercó a una ventana. Y con una actitud más humilde aceptó su futilidad.

Cuando su respiración se aquietó, pudo ver el movimiento rítmico de las ramas y oír la cadencia de las hojas. Las de color dorado se desprendían, se alzaban hacia el cielo y desaparecían como una bandada de aves. Los rayos resplandecían y su potente luz blanca fulguraba detrás de los pinos. Los truenos tamboreaban y la lluvia golpeteaba. Era una danza…

Reflexiones en tiempos de cuarentena

D icen que el tiempo del Covid-19 será uno de reflexión en el que nos daremos cuenta de nuestros hábitos negativos y de los excesos que están destruyendo al planeta y a nosotros mismos. Que aprenderemos...

La incapacidad de movernos y seguir nuestras frenéticas rutinas nos enseñará el placer de la quietud y del silencio. Habrá deleite en una mañana sin apuros y con una prolongada taza de café. Nos daremos besos y los buenos días.

La imposibilidad de comprar todo lo que deseamos y obtenerlo al clic de un botón nos mostrará que podemos subsistir con menos y que gran parte de lo que adquirimos es innecesario.

Expuestos menos a la publicidad incesante que crea deseos y nos condiciona a satisfacerlos, nos volveremos más introspectivos y daremos espacio a nuestras verdaderas ambiciones humanas: las de crear, amar y ser nosotros mismos.

Inspirados por los gestos de generosidad y la bondad de muchos en estos momentos de dificultad, querremos emularlos con aquellos cuyo sufrimiento perdure después de la crisis.

A medida que la actividad económica mundial se detenga, reconoceremos que, si no fuera por el abuso y la contaminación del ser humano, el agua, la atmósfera y la tierra serían prístinos. Decidiremos, finalmente, introducir cambios para proteger el medio ambiente.

Cuando el simple pan horneado falte sobre la mesa, nos percataremos de que poseíamos mucho, pero gozábamos poco; que devorábamos alimentos sin prestar atención, abstraídos en el teléfono o la televisión. Empezaremos a apreciar los placeres más simples.

Cuando nuestra jerarquía y títulos no valgan nada, mientras que la faena de recolectores de basura, trabajadores sociales, camioneros, distribuidores de alimentos y personal de limpieza se vuelve esencial para nuestra subsistencia, aprenderemos a dar justa retribución y palabras de sincero agradecimiento.

Cuando se pierda interés en las celebridades que no aportan nada, los jóvenes, en lugar de perseguir fama y fortuna, querrán estudiar profesiones más útiles como son la ciencia, la medicina, la educación y la asistencia social.

Cuando los poderosos sigan haciendo millones a pesar del extendido sufrimiento físico, económico y mental de la mayoría, aceptaremos, finalmente, que el sistema está roto y que la inequidad puede ser más perversa que un pernicioso virus. Saldremos a reclamar justicia en la distribución de la riqueza.

Cuando nuestra vida corra peligro, nuestras prioridades cambiarán. Una buena salud y los estilos de vida que la sustentan se volverán lo más importante. Dejaremos adicciones, bajaremos de peso, haremos ejercicio a diario...

La incapacidad de ver a nuestros seres queridos o la posibilidad de perderlos, nos volverá más atentos y cariñosos.

Cuando el encierro se prolongue por más semanas de las que podemos tolerar, recordaremos el valor de nuestra libertad, que usualmente desperdiciamos en actividades inconsecuentes. Aprenderemos a usar el tiempo con sabiduría.

Cuando nada parezca tener sentido, recobraremos la humildad que perdimos cuando nos creíamos infalibles por el poder de la tecnología. Y, cuando ningún aparato o técnica puedan vencer a un minúsculo virus, entenderemos cuál es nuestro lugar en esta Tierra.

Cuando aceptemos que estamos todos juntos en esto y lo que sucede en un hemisferio repercute en el otro, trabajaremos unidos por resolver los graves problemas que afectan al mundo.

Cuando, al fin, nos demos cuenta de que somos una sola civilización, unida por las mismas vulnerabilidades y ansias por ser felices, aprenderemos a convivir.

Si tan solo...

¿Cambiaremos...? ¿Se elevará la humanidad a un nivel superior de conciencia? ¿O seguiremos cuesta abajo enraizando aún más nuestros hábitos egocéntricos que continuarán fomentando un sistema político, económico y social destructivo?

Porque, para muchos, este periodo es una intolerable pesadilla. Otros ansían volver a la normalidad como la conocemos. Se critica al sistema sin admitir culpa alguna. ¿Por qué no nos miramos a nosotros mismos?

No sé si la humanidad cambie; sin embargo, tú y yo sí podemos cambiar y podremos hacer una diferencia en nuestro entorno más cercano.

Prestaremos atención a los pequeños detalles, sosegaremos nuestros ritmos, compraremos solo lo necesario, buscaremos trabajos u ocupaciones más útiles, estudiaremos y leeremos, no perderemos el tiempo, dejaremos adicciones que destruyen nuestros cuerpos y nuestras almas, sembraremos flores y hornearemos nuestro pan, pasaremos más horas con nuestros seres queridos y reduciremos el sufrimiento ajeno.

Cambiemos tú y yo, y que nuestro esfuerzo entusiasme a otros.

Que no sea una pesadilla intolerable, sino un momento de reflexión y crecimiento. Que estos tiempos de cuarentena sean una fuente de sabiduría para ti y tus seres queridos.

Mi promesa en esta vida

M i única ambición es ser yo misma, ignorando lo que las multitudes inconscientes exijan de mí. No quiero ser una cantante de música sintética ni una celebridad de pechos operados. No quiero tomar el té verde que te quita el apetito para poder lucir prendas que solo le quedan bien a las escobas. No quiero vivir enmudecida o aislada bajo los audífonos de un aparato de última tecnología. No quiero agotar mi salud para comprar logos y diez metros cuadrados más de espacio. No quiero ser parte de la operaria mercantil que destruye nuestro planeta.

Quiero en cambio ser la heroína de mi propia historia, juzgada solo por mí, por la riqueza de mis experiencias y las virtudes de mis actos. Quiero vivir la vida, cruzar ríos transparentes, escalar montañas y respirar el aire puro. Que las ondas musicales del océano me adormiten bajo el sol de una playa.

Quiero conocer gente que piensa por sí misma, cuyo eje de vida es principalmente la compasión. Quiero trabajar por causas o ideas que disminuyan el sufrimiento de este mundo y protejan nuestra Tierra.

Así, cuando cierre mis ojos al son de la muerte, mi corazón estará colmado de buenos recuerdos. Habré acumulado sonrisas de seres que fueron inspirados a vivir una vida más genuina y generosa. Habré recibido el amor verdadero de muchos.

Mi promesa en esta vida es ser una mejor versión de mí misma.

Ahora, te invito a escribir tu ofrenda...

Printed in Poland
by Amazon Fulfillment
Poland Sp. z o.o., Wrocław

60854265R00117